हिन्द पॉकेट बुक्स

शहीदों की गौरव गाथा

विभा देवसरे कहानी, नाटक एवं बाल साहित्य की हरेक विधा में लिखने में माहिर हैं।

कहानी संग्रह *कतरन* आपकी चर्चित रचना है।

नाटक संग्रह की बात करें तो *वह एक दिन* पुस्तक काफी चर्चित रही।

महिला विमर्श पर आधारित पुस्तकें जैसे *ऊबती दोपहरी, ऊँगती महिलाएँ, पाँच देवता एक मंदिर, फाँसी के फंदे पर, भारत की संत महिलाएँ, आज़ादी की कहानी* भी काफी चर्चित रही।

बाल साहित्य में *शनिलोक, हमारे समाज सुधारक, लेट-लतीफ, टीनू खरगोश, शेर बोला म्याँऊ, पाँच पूंछ का चूहा, कठपुतली की आँखें, आओ गाएँ गीत, मूर्खों का नगर; सबसे अमीर, सबसे गरीब; बुद्धि बड़ी या धन* प्रमुख हैं।

शहीदों की गौरव गाथा

भारत के बलिदानों वीरों की साहस और शौर्य
से भरी रोचक-रोमांचक कहानियां

विभा देवसरे

हिन्द पॉकेट बुक्स
पेंगुइन रैंडम हाउस इम्प्रिंट

हिन्द पॉकेट बुक्स

यूएसए | कैनेडा | यूके | आयरलैंड | ऑस्ट्रेलिया
न्यू ज़ीलैंड | भारत | साउथ अफ्रीका | चीन | सिंगापुर

हिन्द पॉकेट बुक्स, पेंगुइन रैंडम हाउस ग्रुप ऑफ़ कम्पनीज़ का हिस्सा है,
जिसका पता global.penguinrandomhouse.com पर मिलेगा

पेंगुइन रैंडम हाउस इंडिया प्रा. लि.,
चौथी मंजिल, कैपिटल टावर -1, एम जी रोड,
गुड़गांव 122 002, हरियाणा, भारत

पेंगुइन
रैंडम हाउस
इंडिया

प्रथम हिन्दी संस्करण हिन्द पॉकेट बुक्स द्वारा 1985 में प्रकाशित
यह हिन्दी संस्करण हिन्द पॉकेट बुक्स में पेंगुइन रैंडम हाउस द्वारा 2022 में प्रकाशित

10 9 8 7 6 5 4 3 2

इस पुस्तक में व्यक्त विचार लेखक के अपने हैं, जिनका यथासंभव तथ्यात्मक सत्यापन किया गया है, और इस संबंध में प्रकाशक एवं सहयोगी प्रकाशक किसी भी रूप में उत्तरदायी नहीं हैं।

ISBN 9789353490904

मुद्रकः रेप्रो इंडिया लिमिटेड

क्रम

कभी वो दिन भी आएगा कि जब आजाद हम होंगे।
ये अपनी ही जमीं होगी, यह अपना आसमां होगा।
शहीदों की चिताओं पर जुड़ेंगे हर बरस मेले।
वतन पर मरने वालों का यही बाकी निशां होगा।

विद्रोही पाण्डे

शाम हो चली थी। एक दिन कलकत्ता के पास दमदम में एक ब्राह्मण सिपाही लोटे में पानी भरकर लौट रहा था। रास्ते में एक भंगी से मुलाकात हुई। भंगी ने कहा, 'मुझे प्यास लगी है। क्या तुम अपना लोटा पानी पीने के लिए मुझे दे सकते हो?'

'अरे जा...जा...बड़ा आया पानी पीने वाला। तेरे छूने से मेरा लोटा अपवित्र नहीं हो जायगा?'

सिपाही की यह बात सुनकर भंगी हंसने लगा। उसने कहा, 'ब्राह्मण देवता, अब इन बातों को भूल जाओ। तुम्हें शायद मालूम नहीं कि अब तुम्हें अपने दांतों से ऐसे कारतूस तोड़ने पड़ेंगे जिन पर गाय का खून और सूअर की चर्बी लगायी गयी है। ये कारतूस जान-बूझकर बनाये गये हैं, जिससे तुम लोगों का अभिमान चूर हो सके। ये फिरंगियों की नई चाल है।'

ब्राह्मण तिलमिला उठा। वह सीधा अपनी बैरेक में आया और अपने साथियों को यह बात बतायी। धीरे-धीरे कलकत्ता की अन्य छावनियों में भी यह बात फैली।

ब्रिटिश सरकार ने चर्बी वाले कारतूसों को बंगाल में स्थित सैनिकों को देने का इरादा किया था। लेकिन वहां तो पहले से ही इसके प्रति विद्रोह की आग सुलग चुकी थी। सैनिकों ने वजीर अली खां के नेतृत्व में विद्रोह में भाग लेने की शपथ ली थी। इसलिए बैरकपुर छावनी में जब अंग्रेजों ने कारतूस बांटने का प्रयत्न किया तो सैनिकों ने उन्हें लेने से

इंकार कर दिया और कहा कि जरूरत पड़ने पर वे तलवार से काम लेंगे। भारतीय फौज के इस रुख को देखकर अंग्रेजों ने उनका दमन करने का निश्चय किया और उनके हथियार छीनने के लिए गोरी फौज बुलायी। भारतीय सिपाहियों को इस बात का पता लग गया और वे इस अपमान का बदला लेने के लिए तैयार हो उठे। सचमुच एक सिपाही के लिए इससे बड़े अपमान की बात और क्या हो सकती है कि उसका हथियार छीन लिया जाय। फिर एक ऐसा सिपाही जो विदेशी शासकों के लिए लड़ने के लिए तैयार हो, उसमें अगर स्वदेश-भावना जाग जाय तो भला उसके शौर्य की क्या सीमा होगी !

ऐसे ही वीर सिपाहियों में एक थे–मंगल पाण्डे। वह जाति के ब्राह्मण थे पर उन्होंने क्षत्रिय का पेशा अपनाया था। विद्रोहियों ने विद्रोह की तिथि 31 मई 1857 निश्चित की थी, किन्तु मंगल पाण्डे चाहते थे कि जल्दी ही विद्रोह हो, जिससे मातृभूमि की बलिवेदी पर वे अपना शीश चढ़ा सकें। इतिहासकारों ने उन्हें उतावला कहा है, लेकिन सचाई तो यह है कि सीने में सुलगती चिनगारी अगर धधक उठे तो उसे दबाना मुश्किल होता है। मंगल पाण्डे के साथ यही हुआ था। वह विद्रोह की आग को अपने सीने में अधिक नहीं दबा सके थे।

29 मार्च 1857। हाथ में बन्दूक लेकर मंगल पाण्डे अपनी बैरक से बाहर निकल कर पैरेड ग्राउंड में आ गये। वह सिंह की भांति गरज उठे, 'आओ और देश के लिए कुर्बान हो जाओ। आज बता दो कि भारत के सिपाहियों में कितनी ताकत है। तुम्हें धर्म की सौगंध है। भारत माता की कसम है। आगे बढ़ो और एक-एक फिरंगी को अपनी गोलियों से भून दो।'

लेकिन उस दिन मंगल पाण्डे द्वारा उपस्थित किये गये इस दृश्य से सभी हैरान थे। सब कुछ अचानक ही हो गया था। मंगल

पाण्डे के साथी सब कुछ देखकर भी खामोश थे। इसका एक कारण यह था कि वे फौजी अनुशासन में बंधे हुए थे और दूसरा यह कि विद्रोह के लिए निश्चित की गयी तारीख अभी दूर थी। विचित्र दृश्य उपस्थित हो गया था।

मंगल पाण्डे सिंह बना घूमता रहा और सभी सिपाहियों को विद्रोह करने का निमंत्रण देता रहा। जब अंग्रेज सार्जेण्ट को इस घटना की सूचना मिली तो वह आया। उसने मंगल पाण्डे को इस तरह अकेले घूमते देखा तो उसके आश्चर्य की सीमा न रही। एक अदना सिपाही इतनी बड़ी हुकूमत के खिलाफ बगावत करे? सचमुच मामूली बात न थी। दूसरी ओर सत्य और अदम्य साहस की उस मशाल को देखकर अंग्रेज सार्जेण्ड ह्यू सन का साहस नहीं हुआ कि वह कुछ कर सके। उसने सिपाहियों को हुक्म दिया–'मंगल पाण्डे को गिरफ्तार कर लो।' पर उसके इस हुक्म का किसी सिपाही पर कोई असर न हुआ। किसी ने भी मंगल पाण्डे को पकड़ने की हिम्मत नहीं की, क्योंकि मन से तो सभी मंगल पाण्डे के साथ थे।

ह्यू सन अपने आदेश का पालन न होते देखकर तिलमिलाकर रह गया। बहुत कठिन परिस्थिति थी। मंगल पाण्डे गोली से भरी बन्दूक लिये सिंह की तरह गरज रहा था। ह्यू सन ने एक बार फिर अपनी सारी शक्ति समेट कर आदेश दिया, लेकिन तब तक मंगल पाण्डे भी बन्दूक का निशाना संभाल चुका था। 'धांय' की आवाज हुई। स्वतंत्रता-संग्राम की पहली गोली चल चुकी थी और फिरंगी सार्जेण्ट मेजर ह्यू सन वहीं ढेर हो गया था। इसी समय दूसरा अंग्रेज अफसर लेफ्टीनेंट बाग घोड़े पर सवार आता दिखा। मंगल पाण्डे ने तो अब विद्रोह का श्रीगणेश कर दिया था। उसने बन्दूक उठाई और गोली दाग दी। गोली घोड़े को लगी। क्षण भर में घोड़ा सवार सहित

जमीन पर लुढ़क गया। मंगल पाण्डे ने बन्दूक में तीसरी गोली भरी। इसी बीच गोरा अफसर उठ खड़ा हुआ और उसने जेब से पिस्तौल निकालकर मंगल पाण्डे पर फायर किया। संयोग से निशाना चूक गया। मंगल पाण्डे ने बन्दूक छोड़कर तलवार निकाल ली और उस पर टूट पड़े। पल भर में उस गोरे अफसर का काम तमाम हो गया। परन्तु तभी एक और अंग्रेज अफसर आ गया। उसने मंगल पाण्डे पर हमला किया। अब ऐसा लगा कि शायद मंगल पाण्डे हार जाएंगे, लेकिन उसी बीच फौज का एक सिपाही आगे बढ़ा और उसने बन्दूक के कुन्दे से उस अफसर पर ऐसा प्रहार किया कि वह वहीं ठण्डा हो गया।

विद्रोह बढ़ चुका था। अब कर्नल कीलर घटनास्थल पर आए। उन्होंने देखा कि मंगल पाण्डे खूंखार शेर की तरह मैदान में खड़ा है। उसने स्वयं कुछ नहीं किया। बस कड़ककर सिपाहियों को आदेश दिया, 'मंगल पाण्डे को गिरफ्तार कर लो।' और दूसरी ओर से भी उतनी ही कड़क वाली आवाजें आयीं, 'हम ब्राह्मण देवता का बाल बांका नहीं होने देंगे।'

कर्नल कीलर चक्कर में पड़ गया। स्थिति गम्भीर थी। मंगल पाण्डे का विद्रोह, तीन अंग्रेज अफसरों की लाशें और सिपाहियों द्वारा आज्ञा उल्लंघन। जब वह कुछ भी न समझ सका और न ही कुछ कर सका तो अपने बंगले की ओर लौट गया।

मंगल पाण्डे के विद्रोह की खबर बिजली की तरह फैल गयी। अब जनरल हियरसे कुछ गोरे सिपाहियों को लेकर घटनास्थल पर पहुंचे। दुर्भाग्य से भारतीय सिपाही खुलकर बगावत करने के लिए अभी तैयार न थे। मंगल पाण्डे के सामने गम्भीर स्थिति उत्पन्न हो गयी थी। वह अकेले थे और गोरे सिपाहियों के आ जाने से उनकी

गिरफ्तारी निश्चित थी। किन्तु वह जीते जी अंग्रेजों के हाथ नहीं पड़ना चाहते थे। आखिर उस समय कोई और उपाय न देखकर मंगल पाण्डे ने बन्दुक सीने से लगा ली और गोली दाग दी। अपनी ही गोली से घायल होकर वह जमीन पर गिर पड़े। ईश्वर को उनकी मौत मंजूर न थी। घायल मंगल पाण्डे को अंग्रेज अफसरों ने अस्पताल भेज दिया। कुछ दिनों के इलाज के बाद मंगल पाण्डे ठीक हो गये। अंग्रेज अफसरों द्वारा बार-बार पूछने पर भी मंगल पाण्डे ने विद्रोह में शामिल होने वाले अन्य सिपाहियों के नाम नहीं बताए। मंगल पाण्डे ने बड़ी निर्भीकता से कहा कि उन्होंने जिन अंग्रेज अफसरों को मारा है उनसे उनका कोई द्वेष नहीं था और न ही कोई मतभेद था। झगड़ा व्यक्ति का नहीं, बल्कि दो राष्ट्रों का है। उन्होंने बहुत खुले शब्दों में घोषित किया कि उनका उद्देश्य देश को फिरंगो शासन से मुक्त कराना है।

एक सैनिक अदालत में मंगल पाण्डे पर मुकदमा चलाया गया। यह सभी जानते थे कि मुकदमे का फैसला क्या होगा। परन्तु मंगल पाण्डे ने उसकी चिन्ता नहीं की। वह मातृभूमि के लिए अपना बलिदान करने को तैयार थे। सैनिक अदालत ने मंगल पाण्डे को फांसी की सजा दी। 8 अप्रैल 1857 को फांसी का दिन निश्चित हुआ। परन्तु बैरकपुर में कोई आदमी उस देशभक्त को, जिसने धर्म और देश की रक्षा के लिए विद्रोह किया था, फांसी देने के लिए तैयार न था। अंग्रेज परेशान थे। अन्त में कलकत्ता से चार जल्लाद बुलाए गये, जिन्हें मंगल पाण्डे के बारे में कोई जानकारी न थी। उन्होंने मंगल पाण्डे को फांसी के फन्दे पर लटका दिया। वीर सन्तान के रक्त से एक बार फिर भारत-भूमि पवित्र हुई।

मंगल पाण्डे के व्यक्तित्व का आतंक बहुत दिनों तक अंग्रेजों के

मन पर छाया रहा। वे इस बात को अच्छी तरह जानते थे कि सत्य का स्वरूप पहचान लेने पर भारतवासी उनकी कूटनीतियों को चलने नहीं देंगे। इसलिए वे पाण्डे नाम को बहुत दिनों तक धर्म और देश के नाम पर लड़ने वाले विद्रोही के रूप में ही जानते रहे। लार्ड राबर्ट ने अपनी पुस्तक 'भारत में इकतालीस साल' में लिखा है कि मंगल पाण्डे के नाम पर ही भारतीय विद्रोही सिपाहियों को 'पाण्डे' कहा जाने लगा था। वास्तव में विद्रोह की आंधी का पहला झोंका मंगल पाण्डे की वीरता तथा बलिदान का ही था जिससे फिरंगियों की सत्ता कांप उठी थी।

अद्भुत सेनानी

वह सचमुच ही अद्भुत था बड़े-बड़े अंग्रेज जनरल उसके सामने कुछ न थे। अंग्रेजी फौजें उसका पीछा तो करती थीं, गर्मी, बरसात–चाहे कोई भी मौसम हो, वह अद्भुत सेनानी बिजली की तरह आक्रमण करता और वैसा ही बच निकला था। अंग्रेजी सेनाएं उसकी खबर पाकर आक्रमण करतीं और धूल चाटती रह जातीं, क्योंकि तब तक वह वहां से निकलकर आये जा चुका होता था। एक दिन में साठ-साठ मील तक भागकर उसने अंग्रेजों के छक्के छुड़ा दिये थे। अंग्रेज उसके नाम मात्र से घबराते थे।

यह अद्भुत और वीर सेनानी था–तात्या टोपे। भारतीय क्रान्ति और स्वतंत्रता-आन्दोलन के इतिहास में तात्या टोपे उस मशाल के समान है जिसने देश में आजादी की कभी न बुझने वालो आग फूँकी थी।

तात्या टोपे का जन्म मराठी ब्राह्मण परिवार में सन् 1814 ई० में हुआ था। पिता पाण्डुरंग भट्ट पेशवा बाजीराव द्वितीय के सेवक थे और तात्या टोपे उनके आठ पुत्रों में सबसे बड़े थे। तात्या का पूरा नाम था–रामचन्द्र पाण्डुरंग टोपे। जब बाजीराव पेशवा बिठूर आए तो अपने स्वामी के साथ पाण्डुरंग भी बिठूर आ गए। तात्या भी उनके साथ बिठूर आए। यहीं उनका पालन-पोषण तथा शिक्षा-दीक्षा हुई। बाजीराव के दत्तक पुत्र नाना साहब के साथ तात्या की मित्रता बचपन

से ही हो गयी थी। जब नाना साहब गद्दी पर बैठे तो तात्या उनके प्रमुख सहयोगी बने।

तात्या टोपे का शरीर मंझोले कद का तथा गठा हुआ था। उनका रंग सांवला तथा चेहरे पर चेचक के दाग थे। रौबदार चेहरे पर बड़ी-बड़ी मुंझें और बड़ी-बड़ी आंखें उनके दृढ़ प्रतिज्ञा तथा साहसी होने का परिचय देती थीं। नाना साहब क्रांतिकारी विचारों वाले थे, फलतः तात्या टोपे भी उन्हीं विचारों से प्रेरणा ग्रहण कर देश की आजादी के लिए कार्यरत हो गए। उस समय कानपुर नाना के हाथ से निकल चुका था और वहां क्रान्ति की तैयारियां हो रही थीं। 4 जून 1857 को नाना साहब के तृत्व में कानपुर में क्रांति आरम्भ हो गयी। ६ जून को कानपुर नगर क्रान्तिकारियों के हाथ में आ गया। क्रान्तिकारियों ने कानपुर में स्थित अंग्रेजी फौज की बैरकों पर गोलाबारी की। इस सारी कार्यवाई में तात्या टोपे नाना के साथ थे। चौबीस दिन तक युद्ध चलता रहा और क्रांतिकारियों से घिरी अंग्रेजी सेना एक-एक बूँद पानी के लिए मोहताज हो गयी। आखिर अंग्रेजों ने संधि कर ली, तब कहीं मामला शान्त हुआ।

किन्तु अंग्रेजी सेना ने 16 जुलाई को पूरी तैयारी के साथ कानपुर शहर को घेर लिया। नाना साहब ने भी अपनी सेना तैयार कर ली और उसका नेतृत्व उन्होंने स्वयं अपने हाथों में लिया। क्रान्तिकारियों ने जम कर युद्ध किया किन्तु उनकी हार हुई। नाना साहब के साथ तात्या भी वापस बिठूर चले गये। किन्तु वे वहां नहीं रुके और फतेहपुर चले गए। फतेहपुर में सेना का संगठन कार्य आरम्भ किया। इस सेना को तात्या ने नाना के पास छोड़ दिया और स्वयं कालपी चले आए, जहां एक नयी सेना का संगठन आरम्भ किया। अपनी इस नवगठित सेना के सहारे तात्या टोपे ने कालपी के किले पर अधिकार कर लिया। कालपी

में अंग्रेजों के साथ जो भारतीय सिपाही थे वे तात्या टोपे के साथ हो गये थे। इसी बीच नाना की सेना भी आ मिली और फिर दोनों सेनाओं ने कानपुर पर भयानक आक्रमण कर दिया। तीन दिन तक घमासान लड़ाई हुई और अन्ततः कानपुर क्रान्तिकारियों के हाथ में आ गया। इसी बीच लखनऊ और इलाहाबाद की ओर से अंग्रेजी सेनाएं आ गयीं। नाना साहब और तात्या टोपे ने उनका मुकाबला डटकर किया, किन्तु उनकी सेना कम होती जा रही थी और अंग्रेजों का दबाव बढ़ता जा रहा था। तब तात्या ने नाना साहब के हाथों मोर्चा देकर कालपी की ओर प्रस्थान किया जिससे नयी सेना तैयार की जा सके। उधर नाना साहब मोर्चा नहीं संभाल सके और वह शाहजहांपुर की ओर बचकर भाग निकले।

कालपी पहुंचकर तात्या टोपे ने पहले भी अधिक बड़ी सेना तैयार की। वह चाहते थे कि कानपुर में लड़ रही सेना पर पीछे से आक्रमण किया जाय। किन्तु इसी बीच झांसी से महारानी लक्ष्मीबाई का संदेश आया कि हमारी सहायता के लिए आ जाओ। तात्या टोपे के पास उस समय चौदह हजार सैनिक थे। वह अपनी सेना लेकर झांसी पहुंचे। झांसी में सर ह्यू रोज अंग्रेज सेना लेकर पड़ा हुआ था। तात्या टोपे के आने की खबर उसे मिल गयी थी और इसलिए उसने तात्या का पूरा मुकाबला किया। इस युद्ध में तात्या को सफलता नहीं मिली और वह कालपी लौट गए। इधर जब झांसी पर अंग्रेजों का अधिकार हो गया तो लक्ष्मीबाई वहां से चलकर कालपी आयी और तात्या से मिली। तात्या की सलाह से यह निश्चय किया गया कि ग्वालियर पर आक्रमण करके उसे अधिकार में ले लिया जाय और तब अंग्रेजों से मुकाबला किया जाय।

जैसी कि आशा थी, ग्वालियर पर क्रान्तिकारी सेना का कब्ज हो

गया। किन्तु सर ह्यू रोज अपनी सेना लेकर कालपी होता हुआ ग्वालियर पहुंचा। ग्यालियर में घमासान लड़ाई हुई और महारानी लक्ष्मी बाई वीरगति को प्राप्त हुई। अंग्रेजों का दबाव चारों ओर बढ़ रहा था और दिल्ली, कानपुर, इलाहाबाद, लखनऊ आदि पर उनका अधिकार हो गया था। आखिर तात्या ने नागपुर की ओर कूच किया। अंग्रेज यह नहीं चाहते थे कि तात्या टोपे नर्मदा पार कर आगे जाने पाए। किन्तु तात्या टोपे निकल गए और नागपुर पहुंचे। वहां उन्हें जिस सहायता की आशा थी वह नहीं मिली तो लौट आए।

इधर अंग्रेजी सेना तात्या टोपे का बराबर पीछा कर रही थी। नर्मदा किनारे मेजर सरलैण्ड की सेना के साथ तात्या टोपे का जोरदार मुकाबला हुआ। तात्या ने अपनी सेना को आज्ञा दी कि टोपे छोड़कर नर्मदा में कूद पड़ो। और सारी सेना बिजली को तरह नर्मदा को पार कर बच निकली। अंग्रेज सेनाएं उन्हें देखती ही रह गयीं। तात्या टोपे अब राजपुरा की ओर चले। वह बड़ौदा जाना चाहते थे। लेकिन अंग्रेजी सेनाएं यहां भी पहुंच गयीं और तात्या ने तुरन्त अपना रास्ता बदल दिया। वह छोटा उदयपुर की ओर चले। वहां भी अंग्रेज सेनाएं उनकी ओर बढ़ीं। तब तात्या टोपे ने जंगल का रास्ता पकड़ा। इस ममय तात्या टोपे जिस तेजी के साथ अपनी सेना का मार्ग बदल रहे थे, उसके बारे में एक अंग्रेज इतिहासकार ने लिखा था, 'संसार की किसी भी सेना ने कभी कहीं पर इतनी तेजी के साथ कूच नहीं किया जितनी तेजी के साथ कि तात्या की भारतीय सेना इस समय कूच कर रही थी।'

अब तात्या टोपे मध्यभारत के घने जंगलों में रहने लगे। ऊंची-नीची पहाड़ियां, नदी-नाले, जंगली रास्तों आदि का तात्या को काफी ज्ञान था, इसलिए वह ब्रिटिश सेना को बड़ी आसानी से चकमा देकर

निकल जाते। वह एक दिन में साठ-साठ मील भागकर निकल जाते थे और अंग्रेज सैनिक उन्हें खोजते ही रह जाते। तात्या का आतंक भी बहुत था और अंग्रेज उससे बहुत घबराए हुए थे। 'लन्दन टाइम्स' के संवाददाता ने लिखा था, 'हमारा अद्भुत मित्र तात्या टोपे इतना कष्ट देने वाला चालाक शत्रु है कि उसकी प्रशंसा नहीं की जा सकती। पिछले जून के महीने से उसने मध्य भारत में तहलका मचा रखा है। उसने हमारे स्थानों को रौंद डाला है, खजानों को लूट लिया है और हमारी मैगजीनों को खाली कर दिया है। उसने सेनाएं जमा कर ली हैं और खो दी हैं, लड़ाइयां लड़ी है और हार खाई है। उसकी यात्राएं बिजली की तरह प्रतीत होती हैं। वह तीस-तीस और चालीस-चालीस मील रोज चलता है। कभी नर्मदा के इस पार और कभी उस पार। वह कभी हमारे सैन्य-दलों के बीच से निकल गया है, कभी पीछे से और कभी सामने से...कभी पहाड़ों पर से, कभी नदियों से, कभी वादियों में से और कभी घाटियों में से, कभी दलदलों में से, कभी आगे से कभी पीछे से, कभी आगे से और कभी घूमकर...फिर भी वह हाथ न आया।'

इन्हीं दिनों तात्या की भेंट एक सिंधिया सरदार मानसिंह से हुई। तात्या को अंग्रेज-सेना चारों ओर से घेर रही थी। किन्तु तात्या टोपे की चतुर बुद्धि अंग्रेजों को बेवकूफ बना देती और वे भागते ही रहते। तात्या टोपे के पीछा करने वाले एक अंग्रेज अफसर ने लिखा था, 'प्रत्येक नया सेनानायक जो मैदान में आता था, सोचता था कि वह तात्या को पकड़ लेगा। लम्बी-लम्बी दौड़ें लगायी जातीं, अधिकारी और सैनिक अपना सारा सामान फैंक देते थे। वे चालीस मील प्रतिदिन तक चले, पर विद्रोही पचास मील चले गए। अन्त में यह होता था कि हमारे सारे घोड़ों की पीठें छिल जाती थीं और एक

सप्ताह या दस दिन तक आराम करना आवश्यक हो जाता था। पीछा करने वाले और जिनका पीछा किया जाता था उनके लिए नदी या पहाड़ कोई बाधा न थी। वह तब तक पीछा करते जब तक कि मरने न लगते।'

आखिर तात्या टोपे का हौसला टूटने लगा : वह जंगल में जाकर छिप गए। उस समय उनको शरण देने वाले थे मानसिंह जो एक सिंधिया सरदार थे और हाल ही में क्रांतिकारियों के के साथ हुए थे। अंग्रेजों ने उन्हें लालच दी थी कि अगर वह तात्या को गिरफ्तार करा देंगे तो वे उन्हें नरवर का राज्य देंगे और साथ ही उनके अपराधों को क्षमा कर देंगे। मानसिंह इस लालच में आ गये और तात्या टोपे के साथ विश्वासघात कर बैठे। तात्या टोपे जब आधी रात को सोए हुए थे कि उन्हें धोखे से मानसिंह ने गिरफ्तार करा दिया।

तात्या टोपे के पैरों में भारी बेड़ियां डाली गयी थीं। उन पर मुकदमा चला। तात्या टोपे जानते थे कि फैसला क्या होगा इसलिए उन्होंने अपने बयान में कुछ नहीं कहा। अंग्रेज अदालत ने उन्हें फांसी की सजा दी। 18 अप्रैल 1859 को तात्या टोपे को फांसी पर लटका दिया गया। हजारों लोगों ने इस महान् वीर के दर्शन किए। भारत की आजादी की लड़ाई का एक और सितारा बुझ चुका था।

कीर्तनिया विद्रोही

हरि...ओम्ह...रि ओम्ह...रि ओम्...' खंजड़ी के साथ कीर्तन का स्वर गूंजता और भक्त-हृदय जनसमूह झूम उठता। कीर्तनकार हरिपन्त चाफेकर भाव-विभोर होकर गाते रहते और कुछ ही देर में अत्यन्त सुहावना वातावरण बन जाता। उन दिनों महाराष्ट्र में हरिपन्त चाफेकर कीर्तनों की धूम थी। हजारों की भीड़ जमा होना मामूली बात थी। वह दूर-दूर के गांवों में जाते और कीर्तन सुनाते। उनकी आमदनी का जरिया भी कीर्तन ही था। घर में भी धार्मिक वातावरण बना हुआ था और इसका पूरा असर उनके तीनों बेटों—बालकृष्ण, दामोदर और वासुदेव पर भी पड़ा था। तीनों भाई पिता के साथ कीर्तन में रहते और कोई-न-कोई वाद्य बजाते।

दामोदर, बालकृष्ण और वासुदेव को कीर्तन में रुचि उतनी ही थी जितना उसका उनके पेशे से सम्बन्ध था। उनकी वास्तविक रुचि तो कसरत, कुश्ती और खेल में थीं। उन्होंने कुश्ती के लिए एक अखाड़ा भी खोल रखा था। अपनी शारीरिक शक्ति और परिश्रम की भावना से प्रेरित दामोदर की बहुत इच्छा थी कि किसी भी तरह, उन्हें फौज में प्रवेश मिल जाय। इसके लिए उन्होंने बहुत प्रयत्न किया, किन्तु उन्हें सफलता नहीं मिली। इसका प्रमुख कारण यह था कि उस समय की ब्रिटिश सरकार मराठा ब्राह्मणों से बहुत घबड़ाती थी। उसे भय था

कि ये लोग कभी भी ब्रिटिश शासन के खिलाफ विद्रोह कर सकते हैं। दामोदर चाफेकर ने ब्रिटिश सरकार को एक पत्र भी लिखा कि अगर उन्हें फौज में भर्ती कर लिया जाएगा तो ऐसे चार सौ ब्राह्मणों की एक टुकड़ी तैयार कर सकेंगे। किन्तु उस पर सरकार ने कोई ध्यान नहीं दिया। तब दामोदर ने लोकमान्य तिलक से सम्पर्क किया। लोकमान्य ने दामोदर की सिफारिश उदयपुर के दीवान श्यामकृष्ण वर्मा से की। किन्तु फिर भी निराशा ही हाथ लगी। आखिर दामोदर मात्र कीर्तनियां ही रह गये।

दामोदर चाफेकर सेना में भर्ती होकर देश-सेवा तो नहीं कर सके, किन्तु देश-भक्ति की जो आग उनके मन में सुलग चुकी थी उसे बुझाना भी कठिन था। धीरे-धीरे उन्होंने अपने अखाड़े में आने वाले लोगों की एक संस्था बनायी। इसके सभी सदस्य नवयुवक थे। इस संस्था में प्रत्येक नवयुवक को फौजी शिक्षा दी गयी थी। संस्था का मुख्य उद्देश्य था अंग्रेजों के चंगुल से देश को मुक्त करना। इसके साथ ही अंग्रेजों के पिट्ठुओं को भी ये लोग करारी मार लगाते थे। इस तरह अंग्रेजों के विरुद्ध चोरी छिपे कार्यवाई शुरू कर दी गयी थी।

चाफेकर बंधुओं में गुलामी की जंजीरें तोड़ फेंकने के लिए अग्नि धधक रही थी। उन्होंने आजादो-सम्बन्धो कई श्लोक बनाए थे और वे उन्हें गणपति तथा शिवाजी उत्सवों में गाते थे। इन राष्ट्रीय कीर्तनों से जन-जागृति हुई और लोगों में राष्ट्रीय चेतना का संचार हुआ। इन्हीं दिनों पूना में महामारी फैली। बहुत भयंकर प्रकोप था और पीड़ित जनता त्राहि-त्राहि कर उठी थी। किन्तु बीमारी के साथ एक और प्रकोप जनता को कष्ट पहुंचा रहा था—उस अंग्रेज अफसर का जो महामारी की जांच के लिए नियुक्त हुआ था। उसका नाम था रैण्ड। मिस्टर रैण्ट बहुत ही सख्त और बुरे स्वभाव वाला व्यवित था। जनता की निगाह में

मिस्टर रैण्ड शत्रु के समान बन गये थे। अखबारों में उनकी बहुत बुराई प्रकाशित हुई थी। 'केसरी' नामक अखबार में तो यहां तक लिखा गया था कि बीमारी के नाम पर सरकार लोगों की आत्मा को कुचल रही है। मिस्टर रैण्ड अत्याचारी हैं और वह जो कुछ कर रहे हैं, सरकार की आज्ञा से कर रहे हैं। मिस्टर रैण्ड का अत्याचार अधिक दिनों तक नहीं चल सका।

उस समय विद्रोह के चालीस वर्ष समाप्त हो चुके थे। अंग्रेज भारतीयों को स्वतंत्रता की मांग को पूरी तरह कुचल कर निश्चिन्त हो गये थे। ब्रिटिश साम्राज्यवाद के खिलाफ कोई इशारा करने को भी हिम्मत नहीं कर सकता था। साम्राज्यवाद के पिट्ठू और गद्दार भारतीय खूब मौज कर रहे थे। इसी बीच एक अत्यन्त रोमांचकारी घटना घटी।

22 जून 1890 को सारे ब्रिटिश साम्राज्य में महारानी विक्टोरिया का साठवां राज्याभिषेक दिवस धूमधाम से मनाया गया। हिन्दुस्तान के बड़े-बड़े शहर रंगबिरंगी रोशनी और आतिशबाजो से जगमगा उठे थे। पूना में भी यह उत्सव बड़ी धूम के साथ मनाया गया। उस दिन दो अंग्रेज अफसर खुशी में मस्त झूमते हुए गणेश कुण्ड से लौट रहे थे। अचानक धांय...धांय...धांथ...की आवाज गूंजो। किसी ने गोली चलायी थी। निशाना अचूक था और दोनों अंग्रेज अफसर चीख मारकर गिर पड़े थे। ये दोनों अंग्रेज अफसर थे—मिस्टर रैण्ड और लेफ्टीनेण्ट एचर्स्ट। मारने वाला भाग निकला। सारे ब्रिटिश शासन में तहलका मच गया था। वे लोग तो 1857 के विद्रोह को कुचलकर संतुष्ट थे। चालीस वर्ष बाद अचानक मिस्टर रैण्ड की हत्या ने ब्रिटिश अधिकारियों को फिर सचेत कर दिया। मिस्टर रैण्ड के हत्यारे को पकड़ने के लिए उन्हें बहुत प्रयत्न करना पड़ा तब कहीं सफलता मिली।

वह युवक था—दामोदर चाफेकर। दरअसल दामोदर को पकड़वाने का काम किया था उनकी ही संस्था के एक सदस्य गणेश शंकर द्रविण ने, क्योंकि ब्रिटिश सरकार ने उसे हजार रुपयों का लाभ दिया था। दामोदर के भाई भी पकड़े जाने वाले थे पर वह भाग निकले थे। दामोदर ने बड़ी निर्भीकता से ब्रिटिश अदालत में यह स्वीकार किया था कि मिस्टर रैण्ट के काले कारनामों तथा अत्याचारों के कारण उन्होंने जान-बूझकर उनकी हत्या की है। दामोदर ने यह भी कहा कि लम्बाई में विक्टोरिया की मूर्ति पर कोलतार पोतकर जूतों की माला पहनाने वाले वही हैं, विश्वविद्यालय के पाण्डाल में आग लगाने का सुझाव उन्होंने ही दिया था। और इस विद्रोह के पीछे छिपे हुए उद्देश्य को बताते हुए उन्होंने कहा था, 'हम यह चाहते हैं कि आर्य भ्राताओं के दिल में उत्साह पैदा हो, और हम स्वतंत्रता के माथे पर विद्रोह का तिलक लगा सकें।'

रैण्ड हत्याकाण्ड के समर्थन में लोकमान्य तिलक को भी जेल में डाल दिया गया। अंग्रेज इस हत्याकाण्ड से अन्दर-ही-अन्दर बहुत भयभीत हो गए थे, लेकिन अपनी शक्ति और सत्ता के प्रचार के लिए वे यही कहते रहे कि इस हत्या से ब्रिटिश साम्राज्य नहीं खत्म हुआ जा रहा है। लोगों की भलाई इसी में है कि जो लोग इस तरह की साजिश कर रहे हैं उन्हें पकड़कर शासन के सामने लाएं। कई गद्दार भारतीयों ने भी इस हत्या से सम्बद्ध लोगों के नाम सूचित किए। एंग्लो-इण्डियनों ने तो यहां तक कहा कि प्रत्येक ब्राह्मण को शासन की ओर से फांसी की सजा होनी चाहिए और इस मामले में दया दिखाई गयी तो आगे चलकर अंग्रेजों का खात्मा हो जाएगा।

दामोदर चाफेकर पर मिस्टर को की अदालत में मुकदमा चलाथा। फैसला क्या होगा, सभी जानते थे। आखिर उन्हें फांसी की

सजा सुनायी गयी। दामोदर ने अपनी अन्तिम इच्छा यही जाहिर की कि लोकमान्य तिलक के पास से गीता की एक प्रति लाकर दी जाए। लोकमान्य ने तुरन्त अपने हस्ताक्षर युक्त गीता की प्रति भेजी। फांसी के दिन दामोदर गीता का पाठ करते रहे और उसे ही हाथ में लेकर फांसी के फन्दे पर लटक गये।

बालकृष्ण चाफेकर भाग कर हैदराबाद रियासत में छिप गये थे। किन्तु वहां उन्हें बहुत कष्ट हो रहा था इसलिए वह बाद में महाराष्ट्र आ गए। अंग्रेजों को उनकी उपस्थिति की सूचना जैसे ही मिली कि वे उनके पीछे लग गए और रैण्ड हत्याकाण्ड के सिलसिले में उन्हें गिरफ्तार कर लिया गया। तीसरे भाई वासुदेव चाफेकर पर कोई मुकदमा न था। अस्तु अंग्रेजों ने कहा कि चूंकि वह हत्याकाण्ड के दिन पूना में ही थे इसलिए उन्हें बालकृष्ण के खिलाफ गवाही देनी होगी। इस पर वासुदेव ने भी एक गहरी चाल सोची और गवाही देने के लिए तैयार हो गए। उन्होंने साठे-और रानाडे नामक दो युवकों को अपने षड्यंत्र का सहयोगी बनाया। ऊपर-ऊपर से तो वे सरकार के सहयोगी बने हुए थे किन्तु भीतर-ही-भीतर वे अपने षड्यन्त्र की तैयारी कर रहे थे। ब्रिटिश सरकार ने उन्हें अपना आदमी समझकर पूरी छूट दे रखी थी और वे कहीं भी घूम-फिर सकते थे। उन्होंने योजना बनायी कि बीस हजार रुपयों के लोभी और सरकारी पिट्ठू द्रविण बंधुओं का सफाया कर दिया जाय।

8 फरवरी 1869 की रात 9 बजे वासुदेव और रानाडे पंजाबी नौकर का वेश बनाकर द्रविण बंधुओं के घर पहुंचे। वहां कोई अचानक आ न जाय इसलिए साठे चौकीदारी करते रहे। द्रविण बंधु बहुत सावधान रहते थे। दरवाजा खटखटाने पर गणेश द्रविण ने खिड़की से ही पूछा कि तुम्हें क्या चाहिए? वेष बदले हुए वासुदेव ने कहा कि

पुलिस ने उन्हें फौरन बुलाया है, मिस्टर ब्रीन तुरन्त मिलना चाहते हैं। यह सुनकर सरकार के पिट्ठू द्रविण बंधु तुरन्त तैयार हो गए। वे बोले, 'तुम लोग चलो, हम आते हैं।'

वासुदेव और रानाडे थोड़ी दूर जाकर छिप गये। इधर द्रविण बंधु घर से सौ गज की दूरी पर आये ही थे कि 'धांय...धांय...' उन पर गोलियां चलीं। दो देशद्रोही खून से लथपथ होकर वहीं गिर पड़े। भीड़ जमा हो गयी। डॉक्टर आए। दोनों के बचने की उम्मीद बहुत कम थी। और अगले दिन द्रविण बंधु स्वर्ग सिधार गये। लोग बहुत प्रसन्न थे। लेकिन चापलूसों और ब्रिटिश सरकार के पिट्ठुओं ने गणेश द्रविण के भाई नीलकण्ठ द्रविण के बयान के आधार पर साठे और रानाडे को गिरफ्तार करा दिया। कहते हैं जब पूछताछ चल रही थी उस समय वासुदेव को भी बुलाया गया था। पूछताछ के दौरान एक हैडकांस्टेबिल रामजी पांडे ने वासुदेव को कोई बड़ी तीखी बात कह दो थी। वासुदेव उस पर झपटकर टूट पड़े और उसकी पिस्तौल छीनकर उस पर गोली चला दी। रामजी को गोली तो नहीं लगीं, पर वासुदेव चाफेकर का भेद खुल गया। वासुदेव ने निडर होकर स्वीकार किया कि चापलूस जासूस द्रविड़ बंधुओं को उन्होंने मारा है। उन्होंने यह भी कहा कि मैं अपने भाई के साथ अपनी मातृभूमि के लिए फांसी पर चढ़ना ज्यादा अच्छा समझता हूं, लेकिन मैं सरकारी गवाह नहीं बन सकता।

आखिर चाफेकर बंधुओं पर मुकदमा चला। उन्हें फांसी की सजा हुई। रानाडे को भी फांसी की सजा हुई और साठे को सात वर्ष की सजा। मातृभूमि को पवित्र करने के लिए एक हो परिवार के तीन भाइयों ने अपने आपको न्यौछावर कर दिया। सारे देश में जोश में फैल गया। भारतीय परतन्त्र मन पर स्वतंत्रता की बिजली कौंध गयी।

चाफेकर बंधुओं के इस अमर बलिदान पर वीर दामोदर सावरकर ने एक कविता लिखी थी, जिसका भाव था—'तीन ही नहीं यदि हमारी संख्या सात भी होती तो मातृभूमि के इस हवन कुण्ड में अपना शीश चढ़ा देते। हे मातृभूमि तेरे पैरों में पड़ी इस गुलामी की जंजीर को तोड़ने के लिए हमें अपनी आहुति देने का अवसर तो मिले। यही हमारे लिए प्रसन्नता की बात होगी।'

क्रान्ति की चिनगारी प्रज्वलित करने के लिए चाफेकर बंधुओं का नाम भारतीय स्वातन्त्र्य-संग्राम के इतिहास में स्वर्णाक्षरों में लिखा गया है।

जिसकी राख माथे का तिलक बनी

घुंघराले बालों और बड़ी-बड़ी आंखों वाला, दुबले-पतले शरीर का लड़का नवीं कक्षा की पढ़ाई छोड़कर क्रान्तिकारी आन्दोलन में शामिल हो गया था। यह वह समय था जबकि वन्देमातरम् का उच्चारण करने वाले को कोड़ों की मार पड़ती थी और आवश्यकता हुई तो जल्लाद के हवाले कर फांसी पर भी लटका दिया जाता था। किन्तु आजादी के दीवानों ने इसकी परवाह कब की। वे तो अपने संकल्प पर अडिग थे और हर मुसीबत को गले से लगाते थे। ऐसे ही दीवानों में से एक था खुदीराम जिसने वन्देमातरम के पर्चे बांटे थे।

खदीराम का जन्म 3 दिसम्बर 1889 को पश्चिमी बंगाल में मिदनापुर में हुआ था। उसके पिता का नाम त्रैलोक्य नाथ बोस था। खुदीराम बोस पर क्रान्तिकारी आन्दोलन का प्रभाव इतना अधिक पड़ा था कि वह अपनी नवीं कक्षा की पढ़ाई भी पूरी न कर सके और क्रान्तिकारी बन गये। आरम्भ में वह स्वदेशी आन्दोलन में शामिल हुए और फिर क्रांतिकारी दल के सदस्य बने। सन् 1905 में जब बंगभंग आंदोलन हुआ तो खुदीरामबोस ने उसमें सक्रिय रूप से भाग लिया। लेकिन उन्होंने एक सिपाही पर आक्रमण करके घायल किया और भाग निकले। पुलिस उनके पीछे लग गयी और अप्रैल में वह फिर पकड़ लिए गये। अन्त में उन्हें 6 मई 1906 को छोड़ दिया गया।

सन् 1907 में जब क्रांतिकारी दल ने डाक के थैले लूटने के

लिए योजना बनाई तो खुदीराम उसमें भी शामिल हुए और हटगाछा के पास हुई इस लूट को सफल बनाया। इसके बाद बंगाल के गवर्नर पर जब नारायणगढ़ रेलवे स्टेशन में उनकी विशेष रेलगाड़ी पर बम फेंका गया तो उस दल में भी खुदीराम थे। उन पर बाद में वाट्सन और बेमफील्ड फिलर नामक दो। अंग्रेजों की हत्या के प्रयत्नों का भी अभियोग लगाया गया।

उन दिनों बंगाल में किंग्सफोर्ड नामक एक अंग्रेज बहुत बदनाम हो रहा था। वह अत्यन्त दुष्ट और क्रूर था। भारतीय स्वतन्त्रता-संग्राम आन्दोलन के सिलसिले में जो लोग पकड़े जाते थे उन्हें वह बहुत कड़ी सजा देता था। इसलिए लोगों में उसके प्रति बहुत रोश था और क्रांतिकारी अवसर की ताक में थे कि किसी तरह इस दुष्ट का सफाया किया जाय। इस योजना के आधार पर ही किंग्सफोर्ड साहब का सफाया करने के लिए खुदीराम बोस और प्रफुल्ल चन्द्र चाकी को चुना गया। किन्तु इसी बीच किंग्सफोर्ड का ट्रांसफर मुजफ्फरपुर हो गया। क्रान्तिकारी दल अपना व्रत पूरा करके ही दम लेना चाहता था। अस्तु खुदीराम और चाकी मुजफ्फरपुर के लिए रवाना हुए। उन्हें कलकत्ता से मुजफ्फरपुर में आने में काफी कठिनाइयों का सामना करना पड़ा। फिर मुजफ्फरपुर नया शहर था। दोनों वहां से परिचित न थे, न ही वे किंग्सफोर्ड को पहचानते थे। उस जमाने में किसी बड़े अंग्रेज अफसर के बारे में साधारण पूछताछ करना भी खतरे से खाली न था और शक में पकड़ लेते थे। इसलिए दोनों क्रांतिकारी कई दिनों तक मुजफ्फरपुर में घूमते भटकते रहे और सूचनाएं एकत्र करते रहे। जब उन्हें कुछ दिनों बाद यह पता लग गया कि किंग्सफोर्ड किस रंग की गाड़ी में कब कहां लिए निकलता है तो उन्होंने अपनी योजना बनायी। एक दिन खुदीराम बोस और प्रफुल्ल चाकी—दोनों ही बमों से लैस होकर

किंग्सफोर्ड के बंगले के बाहर छिप गये और निकलने की प्रतीक्षा करने लगे। दोनों नवयुवक अपने उद्देश्य को भी समझते थे और यह भी जानते थे कि पकड़े जाने पर उनका क्या हाल होगा? उनकी आंखों के सामने फांसी का फंदा घूम गया था किन्तु वे उसे अपनी सहज मुसकान के साथ गले का हार समझकर पहनने के लिए तैयार थे। इसी विचारधारा ने उन्हें यह महान् कार्य करने के लिए दृढ़ बनाया था।

यह तीस अप्रैल 1908 की बात है। रात के लगभग आठ बजे थे। दोनों नवयुवक अपने निश्चय पर अडिग और अपने कार्य को फुर्ती से करने के लिए तैयार थे। किंग्सफोर्ड की वही गाड़ी बाहर निकली और दोनों ने अपना निशाना लगाया। ठीक अवसर पर दोनों बम गाड़ी के ऊपर जा गिरे। इसके बाद दोनों ही वहां से भाग निकले। उस समय दोनों को ही यह ध्यान न था कि वे किस दिशा में और किस गति से भागे जा रहे हैं। वे तो किसी तरह मुजफ्फरपुर की सीमा से बाहर निकल जाना चाहते थे। अस्तु सारी रात दोनों भागते रहे।

खुदीराम भागते-भागते मुजफ्फरपुर से पच्चीस मील दूर बेनी नामक स्थान पर पहुंचे। उन्हें भूख बहुत लगी थी इसलिए वे एक बनिए की दुकान पर कुछ खाने का सामान खरीदने गये। वहां उन्होंने लोगों को कहते सुना कि किंग्सफोर्ड साहब की गाड़ी पर कल रात बम फेंके गये हैं। उसमें वह तो थे नहीं, हां दो महिलाएं—श्रीमती केनेडी और कूमारी केनेडी मारी गयी हैं। खुदीराम ने जब यह सुना कि कल का हमला खाली गया और किंग्सफोर्ड नहीं मारा गया है तो खीझ के कारण उनके मुंह से चीख निकल गयी। सारी रात भागने के कारण उनकी हालत वैसे ही अस्तव्यस्त थी। लोगों को शक हो गया कि कहीं यही हत्यारा न हो। बस लोग उन्हें पकड़ने दौड़े। खुदीराम

भाग निकले। उनके पास भरी हुई पिस्तौल थी। जब बचने का कोई उपाय न सूझा तो वह पिस्तौल चलाने लगे। किन्तु अन्त में वह पकड़े गये।

खुदीराम को पकडकर मुजफ्फरपुर लाया गया। उधर प्रफुल्ल चाकी रेल में बैठकर जा रहे थे। उसी डिब्बे में एक दरोगा नन्दलाल बेनर्जी भी बैठे थे। उन्हें चाकी के हुलिया पर शक हुआ। उन्होंने एक स्टेशन पर उतरकर मुजफ्फरपुर पुलिस से हत्यारों का हुलिया प्राप्त किया और दो-तीन स्टेशन बाद चाकी को गिफ्तार करना चाहा। किन्तु चाकी पहले से तैयार थे। उन्होंने अपनी पिस्तौल निकाली और उन पर फायर किया। किन्तु खाली गयी। जब कोई और उपाय न सूझा तो चाकी ने अपने गोली मार ली और सदा के लिए सो गये। बाद में क्रांतिकारियों ने नन्दलाल बेनर्जी को भी नहीं छोड़ा और एक दिन कलकत्ते के बाजार में दिन दहाड़े उनकी हत्या कर दी गयी।

खुदीराम पर मुकदमा चला। उनकी ओर से देश के वकील पैरवी करने लिए तैयार नहीं थे हालांकि वकीलों की कमी न थी। केवल कालीदास मुकर्जी ही पैरवी के लिए तैयार हुए किन्तु वह भी असफल ही रहे क्योंकि खुदीराम ने तो स्वयं ही अपना कार्य स्वीकार कर लिया था। अन्त में उन्हें फांसी की सजा हुई।

19 अगस्त 1908 को खुदीराम को फांसी दे दी गयी। जब वह फांसी के फन्दे पर चढ़े तो उनके चेहरे पर मुसकान थी और हाथ में गीता थी, उनकी लाश, उनके वकील मुकर्जी साहब को दे दी गयी थी। उन्होंने ही खुदीराम का दाह संस्कार किया। खुदीराम के दाह संस्कार के अवसर पर हजारों लोग उपस्थित थे। जैसे ही चिता जलकर राख हुई जनता अपने इस प्रिय शहीद की भस्म के लिए टूट पड़ी। किसी ने उसका तिलक लगाया, किसी ने तावीज बनवायी और

किसी ने उसे पुण्य प्रसाद समझकर रख लिया। खुदीराम का बलिदान क्रांति की आग को और भी प्रज्वलित कर गया। लोकमान्य तिलक ने अखबार 'केसरी' में इस बारे में एक बड़ा लेख लिखा था। अनेक कवियों ने खुदीराम पर कविताएं लिखी थीं और वे शीघ्र ही जन-जन को जबान पर आ गयी थीं।

खुदीराम बोस भारतीय तरुणों के लिए प्रेरणा स्रोत बन गये थे और उन जैसे क्रांतिकारियों के बलिदान ने मां भारती के बन्धनों को मुक्त करने के लिए जो बलिदान किया था उसका ही प्रतिपल हमारी आज की आजादी है।

बिस्मिल : एक बेमिसाल शहीद

'चलो फांसी का वक्त हो गया।'

'चलो।' स्वतंत्रता का वह अमर पुजारी उठा और चल दिया फांसी के तख्ते की ओर।

उसने अपने हाथ से गले में फांसी का फन्दा डाला और कहा—

'मालिक तेरी रजा रहे और तू ही तू रहे,
बाकी न मैं रहूं न मेरी आरजू रहे।
जब तक कि तन में जान रगों में लहू रहे,
तेरा ही जिक्र या तेरी ही जुस्तजू रहे।

'मैं ब्रिटिश साम्राज्य का विनाश चाहता हूं। वन्दे मारतम्...भारत माता की जय।' और कुछ ही पलों बाद निर्जीव शरीर फांसी के फन्दे पर लटकने लगा।

भारत-माता की मुक्ति के लिए इस निर्भीकता से फांसी के फन्दे पर लटक जाने वाले अमर शहीद रामप्रसाद 'बिस्मिल' को सन् 1927 की 19 दिसम्बर को काकोरी डकैती के सिल-सिले में फांसी की सजा हुई थी। वह एक अच्छे शायर थे और 'बिस्मिल' अर्थात् घायल, उनका उपनाम था। रामप्रसाद के दादा नारायणलाल जी ग्वालियर के पास के एक गांव के रहने वाले थे। घरेलू परिस्थितियों के कारण

वह ग्वालियर छोड़कर शाहजहांपुर चले आए थे। नारायणलाल के दो पुत्र थे—मुरलीधर और कल्याणमल। रामप्रसाद मुरलीधर के पुत्र थे। रामप्रसाद का जन्म सन् 1887 में हुआ था। उनके परिवार में आर्थिक कठिनाइयां बहुत थीं। फिर उन्हीं दिनों शाहजहांपुर में अकाल भी पड़ गया था। इसलिए हालत और भी गम्भीर थी। किन्तु रामप्रसाद के परिवार ने हिम्मत न हारी। उनकी दादी बहुत स्वतन्त्र और दृढ़ विचारों वाली महिला थीं। उन्होंने स्वयं मेहनत करके तथा भूखे पेट रहकर परिवार को चलाया। धीरे-धीरे परिवार की हालत सुधरी। सात वर्ष की उम्र में रामप्रसाद की पढ़ाई शुरू हुई। आरम्भ में उन्होंने हिन्दी और उर्दू की शिक्षा पायी। रामप्रसाद बचपन से ही बहुत ऊधमी थे—इसलिए उन पर पिता की कड़ी निगाह थी। एक बार तो उनकी इतनी पिटाई हुई थी कि वह दो दिन तक उठ न सके थे। बड़े होने पर रामप्रसाद का साथ कुछ बुरे लड़कों से हो गया और वह सिगरेट तथा भंग भी पीने लगे थे।

किन्तु एक दिन उनकी आदतों में अचानक ही महान् परिवर्तन हो गया। वह नियमित रूप से मन्दिर जाने लगे। मन्दिर के पुजारी के उपदेशों का किशोर रामप्रसाद के मन पर बड़ा गहरा प्रभाव पड़ा। उनकी सभी बुरी आदतें छूट गयीं और उन्होंने मिशन स्कूल के पांचवें दर्जे में प्रवेश ले लिया।

किशोरावस्था का अंधकार समाप्त होते ही रामप्रसाद के जीवन में एक नया मोड़ आया। उनके विचार आर्यसमाजी होने लगे। 'सत्यार्थ प्रकाश' पुस्तक पढ़ने के बाद से वे बहुत सादगी का जीवन जीने लगे। वह तख्त पर कम्बल बिछाकर सोते, मिर्च खटाई न खाते और यहां तक कि किसी के कहने पर उन्होंने पांच वर्ष तक नमक भी नहीं खाया। किन्तु पिता को उनका यह व्यवहार भी पसंद नहीं

आया। वह यही कहते रहे कि या तो आर्य समाज छोड़ दे या घर छोड़ दो। रामप्रसाद को दूसरी शर्त पसन्द आयी और एक दिन सिर्फ कमीज और धोती पहनकर, पिता के पैर छूकर घर से निकल गये। एक दिन तथा एक रात भूखे रहकर जंगल में ही बितायी। अगले दिन आर्य समाज के स्वामी अखिलानन्द का भाषण सुनने गये। वह एक पेड़ के नीचे चुपचाप खड़े थे कि उसी समय उनके पिता दो आदमियों सहित आये और उन्होंने रामप्रसाद को पकड़ लिया। वे उन्हें मिशन स्कूल के हेडमास्टर के सामने ले गये। हेडमास्टर ने रामप्रसाद को तो समझाया ही, साथ ही उनके पिता को भी समझाया कि रामप्रसाद के साथ स्नेहपूर्ण व्यवहार करें। अब रामप्रसाद का अध्ययन नियमित हो गया। किन्तु आर्य समाज मन्दिर भी जाते रहे और वहां उन्होंने एक संस्था भी खोली जिसका नाम था—'आर्य कुमार सभा'। अनेक विघ्न बाधाओं के बावजूद भी आर्य कुमार सभा चालू रही। रामप्रसाद, सोमदेव को अपना गुरु मानते थे। गुरु सोमदेव की मृत्यु के बाद रामप्रसाद ने कुछ देश-भक्ति सम्बन्धी पुस्तकें पढीं। धीरे-धीरे उनकी विचारधारा देशभक्ति की ओर मुड़ने लगी। उन्हीं दिनों वह कांग्रेस का अधिवेशन देखने लखनऊ पहुंचे। वहां लोकमान्य तिलक का स्वागत होने वाला था। लेकिन उदार दल के लोग यह नहीं चाहते थे कि शहर में भी तिलक के स्वागत की सवारी निकले, क्योंकि उनके विचार से ऐसा करने से कांग्रेस-प्रधान का महत्त्व कम होगा। नवयुवकों को इस बात से बहुत दुःख हुआ लेकिन दूसरी ओर यह भी निश्चय हुआ कि लोकमान्य की सवारी निकलेगी और उनका सम्मान किया जायेगा। बस फिर क्या था, स्वागत-समिति की कार्यकारिणी से विरोध लेकर कुछ नवयुवक आगे बढ़े। जिस गाड़ी में लोकमान्य को बिठाया गया था उसके ठीक सामने वे नवयुवक लेट गये और बोले कि गाड़ी हमारे

ऊपर से निकाल ले जाओ। इन नवयुवकों में रामप्रसाद भी थे। मोटर का टायर काट दिया गया और फिर बड़ी मिन्नतों के बाद लोकमान्य को किराये की घोड़ागाड़ी में बिठाकर, हाथों से गाड़ी खींचते हुए धूमधाम से सवारी निकाली गयी।

यही पहला अवसर था जब रामप्रसाद ने यह जाना कि स्वतन्त्रता की लड़ाई के लिए क्रान्तिकारी गुप्त समिति भी कार्य कर रही है। और वे सीधे क्रान्तिकारी दल के नेता गेंदालाल दीक्षित के पास पहुंचे। वहां पता चला कि दल के पास धन का अभाव है। इसी कारण से प्रचार कार्य में भी बाधा पड़ती है। रामप्रसाद ने मां से रोजगार के नाम पर दो सौ रुपये लिये और 'अमरीका को स्वाधीनता कैसे मिली' नामक पुस्तक प्रकाशित करायी। इसके साथ ही कुछ पर्चे भी छापे गये जो किताब के साथ बांटे गये थे। अन्त में ब्रिटिश सरकार ने पर्चे तथा पुस्तक दौनों ही जब्त कर लिए। इन्हीं दिनों दिल्ली कांग्रेस ने 'अमरीका को स्वाधीनता कैसे मिली' पुस्तक को कांग्रेस में बेचने की योजना बनायी। जब खुले आम पुस्तक बेची जा रही थी तभी पुलिस के खुफिया दौड़े। इसी बीच रामप्रसाद रेड-क्रॉस का बड़ा-सा बिल्ला लगाए तथा ओवरकोट के अन्दर पुस्तकें छिपाये पुलिस के सामने से बचकर निकल गये। वह दिल्ली से शाहजहांपुर आये जहां उन्हें मालूम हुआ कि मैनपुरी षड्यंत्र में उनका भी नाम है। वह भाग निकले और अपने गांव में जाकर किसान के वेश में खेती करने लग। इधर पुलिस पिता मुरलीधर को बराबर धमकाती रही कि बेटे का पता बताओ नहीं तो जायदाद में लड़के का जितना हिस्सा है वह नीलाम कर दिया जायगा। अतः मुरलीधर सारी जायदाद बेचकर शाहजहांपुर से चले गये।

इधर रामप्रसाद बहुत कष्ट में जीवन जी रहे थे। चने पर गुजर

होती। सबसे बड़ा दु;ख तो उन्हें तब हुआ जब उन्हें अपनी सबसे प्रिय बन्दूक और रिवाल्वर बेचनी पड़ी। फिर भी वह अपने पथ से नहीं हटे। गांव के उस वातावरण में भी गाय भैंस चराते हुए उन्होंने एक बंगला पुस्तक का 'बालशेविकों की करतूत' नाम से अनुवाद किया तथा एक और पुस्तक 'मन की लहर' छपवाई। इस कार्य में भी पांच सौ रुपयों का घाटा हुआ।

प्रथम महायुद्ध समाप्त होने पर कुछ कैदियों को क्षमादान दिया गया था और कुछ पर से गिरफ्तारी की वारंट वापस ले लिया गया था। रामप्रसाद पर से भी गिरफ्तारी का वारंट हटा और वह मुक्त होकर घूमने लगे। अब उनके हृदय में छिपे साहित्यकार के अंकुर भी प्रस्फुटित हो चुके थे। उन्होंने 'कैथाराइन' तथा 'स्वदेशी रंग' नामक दो पुस्तकें लिखीं। बाद में एक क्रांतिकारी जीवन पर भी लिखी पर उसे छापने के लिए कोई तैयार नहीं हुआ। हां, वह 'प्रभा' नाम की पत्रिका में अवश्य प्रकाशित हुई थी।

धीरे-धीरे क्रांतिकारी दल फिर सक्रिय हुआ और शचीन्द्रनाथ सान्याल के नेतृत्व में उनका पुनर्गठन हुआ। इसमें अशफाकउल्ला, रोशनसिंह, प्रेमकृष्ण खन्ना आदि थे। रामप्रसाद दल के हिंसा-विभाग के नेता बनाये गये। दल के सामने प्रमुख सवाल धन का था, अस्तु पहले तो कुछ डकैतियां डाली गयीं, लेकिन उससे खास लाभ नहीं हुआ। तब उन लोगों ने यह सोचा कि अगर लूटना ही है तो सरकारी खजाना लूटा जाय। और तब घटी वह घटना जिसे क्रांति के इतिहास में काकोरी डकैती के नाम से जाना जाता है। रामप्रसाद ने अपनी आत्मकथा में इस डकैती का विवरण लिखते हुए लिखा है—'मैं एक दिन रेल में जा रहा था। गार्ड के डिब्बे के पास बैठा था। स्टेशन-मास्टर एक थैली लाया और गार्ड के डिब्बे में डाल गया। कुछ खटपट की आवाज हुई। मैंने

उतरकर देखा कि एक लोहे का सन्दूक रखा है। विचार किया इसी में थैली होगी। अगले स्टेशन पर फिर उसमें थैली डालते देखा।...इसके थोड़े दिनों बाद लखनऊ जाने का अवसर प्राप्त हुआ। देखा, एक गाड़ी से कुली लोहे के सन्दूक उतार रहे हैं। निरीक्षण करने से मालूम हुआ कि सन्दूक में जंजीर ताला आदि कुछ नहीं पड़ता। उसी समय निश्चित किया कि इसी पर हाथ मारूंगा।...तुरन्त टाइम-टेबिल देखा। अनुमान किया कि सहारनपुर से गाड़ी चलती है, अवश्य दस हजार रुपये रोज की आमदनी होती होगी। दस नवयुवकों को लेकर विचार किया कि किसी छोटे स्टेशन पर जब गाड़ी खड़ी हो तो गाड़ी का सन्दूक उतारकर तोड़ डालें, जो कुछ मिले, उसे लेकर चल दें। पर इस काम में ज्यादा साथियों की आवश्यकता थी। इस कारण यह निश्चय किया कि जंजीर खींचकर चलती गाड़ी खड़ी की जाए और तब लूटा जाए।...सब लोग उसी ट्रेन पर सवार थे। गाड़ी खड़ी होने पर सब लोग उतरकर गार्ड के डिब्बे के पास पहुंच गये। लोहे का सन्दूक उतारकर छेनियों से काटना चाहा। जब छेनियों ने काम न दिया तो कुल्हाड़ा चला। मुसाफिरों से कह दिया कि सब गाड़ी में चढ़ जाओ। गाड़ी का गार्ड गाड़ी में चढ़ना चाहता था, पर उसे जमीन पर लेट जाने की आज्ञा दी।...सन्दूक तोड़ तीन गठरियों में थैलियां बांधी। उसके बाद लखनऊ पहुंचे।' लूटे हुए इस धन से दल का बहुत सा काम हुआ। किन्तु इस डकैतीं से ब्रिटिश सरकार बहुत सचेत हो गई। डकैती में केवल दस आदमियों ने ही भाग लिया था, लेकिन पुलिस ने चालीस व्यक्तियों को गिरफ्तार किया था।

उन्हीं दिनों शाहजहांपुर में डकैती के एक दो नोट बरामद हुए। पुलिस सचेत तो थी ही, रामप्रसाद को गिरफ्तार कर लिया गया। अभियुक्तों को लखनऊ जेल लाया गया। उन पर अठारह महीने तक

मुकदमा चला। अभियुक्तों की पैरवी के लिए मोतीलाल नेहरू की संरक्षता में राष्ट्रीय समिति बनी किन्तु सरकार की ओर से रामप्रसाद बिस्मिल, राजेन्द्रनाथ लाहिड़ी और रोशनसिंह को फांसी की सजा हुई। इस पर जनता की ओर से बड़ा आंदोलन हुआ। फांसी की तारीखें टली, किन्तु ब्रिटिश साम्राज्य की लपलपाती जीभ खून की प्यासी थी।

और 19 दिसम्बर को रामप्रसाद बिस्मिल को गोरखपुर जेल में फांसी दे दी गई। फांसी के बाद उनके शव को आदर के साथ शहर में घुमाया गया और अन्त्येष्टि क्रिया की गई।

प्रिय सखा अशफाक

'प्यारे भाई' तुम्हें यह समझकर सन्तोष होगा कि जिसने माता-पिता की धन-सम्पत्ति को देश-सेवा में अर्पण करके उन्हें भिखारी बना दिया, जिसने अपने सहोदर के भावी भाग्य को देश-सेवा की भेंट कर दिया, जिसने अपना तन-मन-धन, सर्वस्व मातृसेवा में अर्पण करके अपना अन्तिम बलिदान भी दे दिया उसने अपने प्रिय सखा अशफाक को भी उसी मातृसेवा की भेंट चढ़ा दिया।' ये वाक्य लिखे थे, प्रसिद्ध क्रान्तिकारी रामप्रसाद बिस्मिल ने अपने प्रिय सखा अशफाक उल्ला के बारे में। सन 1900 में जन्मे अशफाक उल्ला के मन में क्रांति के बीज बचपन से ही अंकुरित हो उठे थे। रामप्रसाद बिस्मिल ने अपनी आत्मकथा में इस बारे में लिखा है—'मुझे भलीभाँति याद है, जबकि मैं बादशाही एलान के बाद शाहजहांपुर आया था तो तुमसे स्कूल में भेंट हुई थी। मुझसे मिलने की तुम्हारी बड़ी हार्दिक इच्छा थी। तुमने मुझसे मैनपुरी षड़यंत्र के बारे में कुछ बातचीत करनी चाही थी। मैंने यह समझकर कि स्कूल का एक मुसलमान विद्यार्थी इस प्रकार की बातचीत क्यों करता है, तुम्हारी बातों का उत्तर उपेक्षा की दृष्टि से दिया था। तुम्हें उस समय बड़ा खेद हुआ था। तुम्हारे मुख पर हार्दिक भावों का प्रकाश हो रहा था। तुमने अपना इरादा नहीं छोड़ा, तुम निश्चय पर डटे रहे।'

प्रसिद्ध पठान परिवार में जन्मे अशफाक उल्ला ने बचपन में

ही बन्दूक चलाना सीख लिया था। बड़े भाई भोपाल रियासत में उच्च पद पर थे। उन्हीं की बन्दूक से अशफाक ने बन्दूक चलाना सीखा था। घर वाले तो बहुत चाहते थे कि अशफाक काफी पढ़ लिख जाए, लेकिन देश-प्रेम की लगन ऐसी लगी कि उन्होंने आठवीं कक्षा के बाद स्कूल छोड़ दिया। उन्हीं दिनों वह रामप्रसाद बिम्मिल के सम्पर्क में आए। पहले तो दोनों में काफी दूरी रही, जैसा कि बिस्मिल ने लिखा भी है, किन्तु अशफाक के हृदय में देश-प्रेम की सुलगती आग आखिर दोनों को नजदीक ले ही आयी। बिस्मिल ने आगे लिखा है, 'तुमने अपने इष्टमित्रों द्वारा इस बात का विश्वास दिलाने की कोशिश की कि तुम बनावटी आदमी नहीं हो। तुम्हारे दिल में मुल्क की खिदमत करने की ख्वाहिश थी। अन्त में तुम्हारी विजय हुई। तुम्हारी कोशिश ने मेरे दिल में जगह पैदा कर ली। तुम्हारे बड़े भाई उर्दू मिडिल में मेरे सहपाठी थे तथा मित्र थे, यह जानकर मुझे बड़ी प्रसन्नता हुई। थोड़े दिनों में ही तुम मेरे छोटे भाई के समान हो गये थे। किन्तु छोटे भाई बनकर तुम्हें सन्तोष न हुआ। तुम समानता के अधिकार चाहते थे, तुम मित्र की श्रेणी में अपनी गणना चाहते थे। वही हुआ। तुम सच्चे मित्र बन गये। सबको आश्चर्य था कि एक कट्टर आर्य समाजी और मुसलमान का मेल कैसा?'

अशफाक उल्ला गोरे रंग के, लम्बे चौड़े कद के सुन्दर जवान थे। वह सदा मुस्कराते रहना ही जानते थे। उनके पास मानसिक बल भी था और शारीरिक भी। वह एक अच्छे शायर भी थे। उन्हें हिन्दी और उर्दू दोनों से प्रेम था।

वह कहा करते थे—

हे मातृभूमि तेरी सेवा किया करूंगा।
फांसी मिले मुझे या हो जन्म कैद मेरी।

बेड़ी बजा-बजाकर तेरा भजन करूंगा।

जब क्रांतिकारी दल ने काकोरी डकैती का निश्चय लिया तो अशफाकउल्ला ने सरकारी खजाना लूटने का विरोध किया था। किन्तु बहुमत के आगे उन्हें झुकना पड़ा था। वह पूरे उत्साह और जोश के साथ काकोरी डकैती में शामिल हुए थे। उनकी ड्यूटी थी पहरा देने की। किन्तु जब उन्होंने देखा कि खजाने का बक्स नहीं टूट रहा है तो उन्होंने हथौड़ा अपने हाथों में लिया और बक्सा तोड़ दिया।

इसके बाद पुलिस ने काकोरी डकैती के सम्बन्ध में गिरफ्तारियां शुरु कीं। 26 सितम्बर 1925 को सारे देश में छापा मारा गया और गिरफ्तारियां हुईं। उस दिन अशफाकउल्ला शाहजहांपुर में थे। किन्तु वह पकड़े नहीं जा सके, क्योंकि वह गन्ने के एक खेत में जाकर छिप गये थे। पुलिस ने उनकी बहुत खोज की किन्तु पता न लगा सकी। कई दिनों तक गन्ने के खेत में छिपे रहने के बाद उन्होंने शारजहांपुर से कूच करना ही उचित समझा और वह बचते हुए बनारस पहुंचे। उन दिनों वाराणसी यानी बनारस देश के क्रांतिकारियों का एक बड़ा अड्डा था। किन्तु वहां भी लगभग सभी प्रमुख क्रांतिकारी गिरफ्तार हो गए थे, इसलिए वह बिहार की ओर चले गये। वहां डाल्टनगंज के एक दफ्तर में अशफाक उल्ला नौकरी करने लगे। उन्होंने अपने को मथुरा जिले का कायस्त बताया।

डाल्टनगंज में अशफाकउल्ला कोई दस महीने रहे। किन्तु वहां से भी मन ऊबने लगा। इसलिए वह दिल्ली आए। उनका इरादा यह था कि किसी तरह जुगाड़ बिठाकर वह इन्जीनियरी पढ़ने के लिए विदेश चले जाएं। दिल्ली में उनका एक जिगरी दोस्त मिला। वह भी पठान था और शाहजहांपुर का था। अशफाक ने शाम उसी के

साथ बितायी, रात का खाना भी उसी के साथ खाया और सवेरा होने के पहले ही गिरफ्तार कर लिए गये। दरअसल पुरस्कार के लोभ में उनके उस मित्र ने उनके साथ धोखा किया था।

ब्रिटिश सरकार ने पहले तो अशफाकउल्ला को सरकारी गवाह बनाने के बहुत प्रयत्न किए किन्तु जब वह तैयार नहीं हुए तो उन पर मुकदमा चलाया गया। काकोरी डकैती से ही सम्बन्धित एक अन्य क्रांतिकारी शचीन्द्रनाथ बख्शी पर उन दिनों मुकदमा चल रहा था। अब अशफाक का मुकदमा भी उसमें शामिल किया गया। दोनों पर मुकदमा चला। बख्शी को आजन्म कैद की सजा हुई और अशफाक को फांसी की। बख्शी ने उस समय का विवरण लिखते हुए अशफाक को जो स्थान दिया वह इस प्रकार है–'जिस वक्त उन्हें फांसी की और मुझे उम्र कैद की सज़ा सुनाई गयी तो मुझे ऐसा लगा कि वे यकायक मुझसे बहुत ऊंचे चले गये। वैसे वे शाहजादों के समान लम्बे तगड़े और गठे हुए बदन के आकर्षक व्यक्ति थे, पर इस समय उनका व्यक्तित्व सहसा इतना बड़ा लगने लगा कि मेरी समझ में कुछ न आया।' जिस दिन यानी 19 दिसम्बर, 1927 को रामप्रसाद बिस्मिल को फांसी दी गयी, उसी दिन अशफाक को भी फांसी दी गयी। दोनों अलग-अलग जेलों में थे। अशफाक बड़ी खुशो से फांसी के तख्ते पर गए और फांसी के फन्दे को चमकर बोले, 'मेरे हाथ इंसानी खून से कभी नहीं रंगे। मेरे ऊपर जो इल्जाम लगाया गया है वह गलत है। खुदा के यहां मेरा इंसाफ़ होगा—

तंग आकर हम भी उनके जुल्म के बेदाद से,
चल दिए सूए अदम जिन्दने फैजाबाद से।

इसके बाद उनके गले में फांसी का फन्दा ढाल दिया गया और वह खुदा का नाम लेते हुए मातृभूमि के लिए शहीद हो गये।

फैजाबाद जेल से उनके रिश्तेदार बड़ी मुश्किल से उनकी लाश मांगकर ला सके।

अशफाकउल्ला हिन्दू-मुस्लिम एकता के सदा पक्षपाती रहे। रामप्रसाद बिस्मिल ने उनकी इस भावना की कद्र करते हुए लिखा था—'बहुधा मैंने तुमने एक थाली में भोजन किया। मेरे हृदय से यह विचार ही जाता रहा कि हिन्दू मुसलमान में कोई भेद है। तुम मुझ पर अटल विश्वास तथा अगाध प्रीति रखते थे। हां, तुम मेरा नाम लेकर नहीं पुकार सकते थे। तुम सदैव मुझे 'राम' कहा करते थे। एक बार जब तुम्हें दिल का दौरा हुआ था, तुम अचेत थे। तुम्हारे मुंह से बार-बार 'राम' 'हाय राम' शब्द निकल रहे थे। पास खड़े हुए भाई बन्धुओं को आश्चर्य था कि एक मुसलमान 'राम-राम' कहता है। उसी समय मित्र के आने पर यह रहस्य खुला कि 'राम' किसके लिए कहा जा रहा है। और तुरन्त मुझे बुलाया गया।...मुझे यदि शान्ति है तो यही कि तुमने संसार में मेरा मुख उज्ज्वल कर दिया। भारत के इतिहास में यह घटना भी उल्लेखनीय हो गयी कि अशफाकउल्ला ने क्रांतिकारी आन्दोलन में योग दिया। भाई-बंधु, सम्बन्धियों के समझाने पर भी कुछ ध्यान न दिया। गिरफ्तार हो जाने पर भी अपने विचारों में दृढ़ रहे। जैसे तुम शरीर से बलशाली थे वैसे ही मानसिक वीर तथा आत्मा से उच्च सिद्ध हुए।' प्रिय सखा अशफाक उल्ला के बारे में कही गयी ये बातें उनके व्यक्तित्व और जीवन को अत्यन्त प्रेरक बनाती हैं। दोस्ती का ऐसा अनुपम उदाहरण भला कहां मिलेगा।

फूल सा कोमल और वज्र सा कठोर

भारतीय स्वतन्त्रता-संग्राम में अनेक वीर ऐसे थे जो शारीरिक रूप से अत्यन्त कोमल और सुन्दर दिखते थे किन्तु विचार और कर्म से वे उतने ही दृढ़ थे। राजेन्द्रनाथ लाहिड़ी ऐसे ही क्रांतिकारियों में से थे। वह अत्यन्त सुन्दर मुखड़े वाले और कोमल देह के एक नवयुवक थे। उनका जन्म सन् 1892 में पूर्वी बंगाल में हुआ था। पिता श्री क्षितीश मोहन लाहिड़ी बड़े जमींदार थे।

उन दिनों वाराणसी क्रांतिकारियों का अड्डा था और बंगाल से अनेक क्रांतिकारी वहां आकर अड्डा जमाए हुए थे। राजेन्द्रनाथ के हृदय में देश-प्रेम की भावना हिलोरें मार रही थी और उसने ही उन्हें क्रांतिकारियों से मिलवाया। संगठन को मजबूत करने की दृष्टि से क्रांतिकारियों को एसे नवयुवकों की तलाश थी। अस्तु राजेन्द्रनाथ का उन्होंने स्वागत किया और उन्हें वाराणसी जिले का संगठनकर्ता तथा हिन्दुस्तान रिपब्लिकन एसोसिएशन के सदस्य के रूप में नियुक्त किया।

राजेन्द्रनाथ उन दिनों वाराणसी के हिंदू कालेज में पढ़ते थे। क्रांतिकारी दल में शामिल होने के बाद उन्होंने पढ़ाई कोने में रख दी और देश-सेवा में लग गये। इस दौरान उन्हें अनेक मुसीबतें उठानी पड़ी किंतु वह दल के काम में पूरी लगन और मुस्तैदी से जुटे रहे।

दल के कुछ लोगों को उनके नेतृत्व में काम करना पसन्द न था फिर भी राजेन्द्रनाथ के मृदु और कुशल स्वभाव ने उन्हें एकता के सूत्र में बांधकर रखा और काम करते रहे।

जब क्रांतिकारियों ने काकोरी डकैती की योजना बनायी तो राजेन्द्रनाथ उनके साथ थे। ट्रेन सेकेण्ड क्लास में जो तीन प्रमुख क्रांतिकारी चढ़े थे उसमें अशफाकउल्ला, शचीन्द्रनाथ बख़्शी के साथ राजेन्द्रनाथ लाहिड़ी भी थे। काकोरी डकैती के अलावा अन्य कई डकैतियों में भी उन्होंने भाग लिया और दल के लिए धन संग्रह के लिए प्रयत्नशील रहे।

किन्तु कुछ दिनों बाद दल ने यह निश्चय किया कि कुछ क्रांतिकारी बम बनाने में प्रवीण हों इसके लिए प्रशिक्षण प्राप्त करें। इसके लिए जो लोग चुने गये उनमें राजेन्द्रनाथ भी थे। उन्हें प्रशिक्षण के लिए कलकत्ता भेजा गया।

प्रशिक्षण के बाद दक्षिणेश्वर के मकान में बम का एक कारखाना पकड़ा गया जिसमें राजेन्द्रनाथ गिरफ्तार हो गये। ब्रिटिश सरकार ने पहले तो यही चाहा कि उन पर काकोरी डकैती तथा दक्षिणेश्वर काण्ड—दोनों ही मामलों के मुकदमे साथ-साथ चलाए जाएं किन्तु कानूनी दृष्टि से वैसा करना उचित न था इसलिए पहले दक्षिणेश्वर काण्ड का मुकदमा चला और उसमें उन्हें दस वर्ष की सजा दी गयी। इन्हें कैदी बनाकर लखनऊ लाया गया जहां काकोरी डकैती के अन्य अभियुक्तों पर मुकदमा चलाया जा रहा था।

लखनऊ में जब काकोरी डकैती के अन्य कैदियों को साधारण कपड़ों में ले जाया जाता था, वहीं राजेन्द्रनाथ को कैदियों की वर्दी में बेड़ियां डालकर ले जाते थे। इस बात से ही साफ जाहिर हो गया था कि सरकार उन्हें कठोर दण्ड देगी। जेल में भी राजेन्द्रनाथ को अलग

कमरे में रखा गया था और इस कारण वह अपना अधिकांश समय पुस्तकें पढ़ने में ही व्यतीत करते थे।

6 अप्रैल 1927 को काकोरी डकैती के अभियुक्तों को सजा सुनायी गयी जिसमें अशफाकउल्ला, रामप्रसाद बिस्मिल के साथ राजेन्द्रनाथ लाहिड़ी को भी फांसी की सज़ा सुनायी गयी थी। फांसी की सजा सुनकर भी राजेन्द्रनाथ के चेहरे पर चिन्ता या परेशानी की रेखाएं नहीं दिखीं। उनका चेहरा उसी तरह मुसकराहट से भरा रहा—मानो एक फूल बिना मुरझाये ही मातृभूमि को अर्पित होना चाहता हो। उसी रात राजेन्द्रनाथ को जेल में ले जाया गया। फांसी के तीन दिन पूर्व राजेन्द्रनाथ ने एक पत्र में लिखा था—'आप लोगों ने हम लोगों की प्राण-रक्षा के लिए बहुत कुछ किया है, कुछ उठा नहीं रखा, पर मालूम होता है कि देश की बलिवेदी को हमारे रक्त की आवश्यकता है। मृत्यु क्या है? जीवन की दूसरी दिशा के अतिरिक्त और कुछ नहीं। इसलिए मनुष्य मृत्यु से दुख और भय क्यों मानें। यदि यह सच है कि इतिहास पलटा खाया करता है तो मैं समझता हूं कि हमारी मृत्यु व्यर्थ न जाएगी।'

और यह सच भी है। क्रांति की बलिवेदी पर हंसते-हंसते चढ़ जाने वाले ऐसे ही वीरों ने इस देश को स्वतन्त्रता का स्वर्णिम प्रातःकाल दिया है। राजेन्द्रनाथ को 17 दिसम्बर 1927 को गोंडा जेल में फांसी की सजा दी गयी, जबकि इस मुकदमे के अन्य अभियुक्तों को 19 दिसम्बर को फांसी दी गयी थी।

जो भाग्य से जन्मा

एक देशभक्त परिवार के दो भाई क्रांतिकारी आंदोलन से सम्बद्ध होने के कारण जेल में बन्द थे। जिस दिन वे जेल से छूटकर आए उसी दिन उनके घर भतीजे ने जन्म लिया। बेटे को मां ने कहा, 'मेरा बेटा बहुत भाग्यशाली हैं भागों वाले बेटे का नाम रखा गया भगतसिंह। और भगतसिंह के क्रांतिकारी चाचाओं के नाम थे अजीतसिंह और सुवर्णसिह। उन्हें भला क्या मालूम था कि भगतसिंह से उनके परिवार का ही नहीं अपितु सारे देश की स्वतन्त्रता का भाग्य जुड़ा हुआ है।

भगतसिंह बचपन से ही बहुत स्वतंत्र विचारों वाले थे। खूब कसरत करते और अपने शरीर को स्वस्थ और मजबूत बनाने का विशेष ध्यान रखते। उनको बचपन की शिक्षा डी०ए० वी० स्कूल में हुई और वहीं से उन्होंने मेट्रीक्युलेशन को परीक्षा पास की।

सन् 1921 में जब देश-प्रेम की लहर चली तो लोग सरकारी सहायता प्राप्त स्कूलों और कालेजों को छोड़ने लगे। भगतसिंह ने भी डी० ए० वी० कालेज में प्रवेश लेकर लाला लाजपतराय द्वारा स्थापित नेशनल कालेज में प्रवेश लिया। यहां भगतसिंह का

परिचय सुखदेव, भगवतीचरण, यशपाल आदि से हुआ जो बाद में देश के प्रमुख क्रांतिकारी बने। नेशनल कालेज में एक अध्यापक थे—जयचन्द्र विद्यालंकार। उनका सम्बन्ध क्रांतिकारियों से था, इसलिए कालेज में पढ़ाई के साथ-साथ क्रांति के बीज भी अंकुरित किये जाते थे। भगतसिंह और उनके साथी देश की अजादी के विषय में अक्सर चर्चाएं करते। उनकी लगन तथा विचारों से-प्रेरित होकर जयचन्द्र विद्यालंकार ने उन्हें क्रांतिकारी दल में प्रवेश दिला दिया।

इसी बीच भगतसिंह के घर वालों ने उनके विवाह की योजना बनाई। भगतसिंह विवाह नहीं करना चाहते थे। जब उन्होंने देखा बचने का कोई उपाय नहीं है तो एक दिन अचानक ही उन्होंने घर छोड़ दिया। जाते समय उन्होंने पिता के नाम पत्र लिखा—'मैं शादी नहीं करना चाहता हूं, इसलिए घर छोड़ रहा हूं।'

घर छोड़कर भगतसिंह कानपुर पहुंचे और प्रसिद्ध देश-भक्त गणेश शंकर विद्यार्थी के साथ रहने लगे। विद्यार्थी जी उन दिनों 'प्रताप' नामक अखबार निका लेते थे। भगतसिंह उसमें ही काम करने लगे और उन्होंने अपना नाम बलवंतसिंह रख लिया। प्रताप कार्यालय में देशभक्त युवकों की भीड़ लगी रहती थी। क्रांतिकारी आंदोलन को ठीक से समझने तथा उसकी योजनाएं बनाने के लिए भगतसिंह को पूरा अवसर मिला। इन्हीं दिनों उनका परिचय बटुकेश्वर दत्त से हुआ। चन्द्रशेखर आजाद से भी पहली मुलाकात इसी दौरान हुई थी।

अब भगतसिंह क्रांति के रंग में पूरी तरह रंग चुके थे। जब उनके घर वालों को मालूम हुआ कि वह कानपुर में है तो उनके पास झूठी खबर भेजी गयी कि मां बहुत बीमार है, फौरन चले आओ।

भगतसिंह अपनी मां को बहुत प्यार करते थे। वह तुरन्त वापस घर आ गये। उन दिनों पंजाब में क्रांति की लहर जोर पकड़ चुकी थी। भगतसिंह ने लायलपुर में क्रांति दल के पक्ष में एक जोरदार भाषण दिया। इस पर पुलिस ने उन पर राजद्रोह का मुकदमा चलाना चाहा, पर मुकदमा नहीं चल सका।

उधर काकोरी डकैती का मामला हुआ था। क्रांतिकारियों ने सरकारी खजाना ले जाने वाली एक ट्रेन को लूटा था। उसमें गिरफ्तार किये गए रामप्रसाद बिस्मिल, राजेंद्रनाथ लाहिड़ी, अशफाकउल्ला और रोशनसिंह पर मुकदमा चला था। इस कारण क्रांतिकारी दल बिखर गया था। भगतसिंह अब तक पंजाब के क्रांतिकारी नेता के रूप में मान लिये गये थे, अस्तु वह उत्तर प्रदेश के क्रांतिकारियों को संगठित करने आये और चंद्रशेखर आजाद के साथ मिलकर काम करने लगे। क्रांतिकारी दल का संगठन किया गया और जनता में राष्ट्रीय क्रांति का प्रचार किया जाने लगा।

20 अक्टूबर 1928। लाहौर में ब्रिटेन से भेजा गया साइमन कमीशन आया। भारतीय नेताओं ने उसे अस्वीकार करने का निश्चय किया था। इसी उद्देश्य से लाहौर में लाला लाजपतराय के नेतृत्व में एक जुलूस निकाला। पुलिस ने जुलूस पर लाठियों से आक्रमण किया। लाला लाजपतराय सहित अनेक नेता घायल हुए। लाला जी को तो इतनी गहरी चोटें आयी थीं कि 17 नवम्बर 1928 को उनका देहांत हो गया। लाला लाजपतराय की मृत्यु से सारे देश में खलबली मच गयी। क्रांतिकारियों ने जब लाला लाजपतराय द्वारा कहे गये वाक्य सुने तो उनमें बदला लेने के लिए खून खौल उठा। लाठियों की मार के बीच लाला लाजपतराय ने कहा था, 'मेरे ऊपर

पड़ी एक-एक चोट ब्रिटिश राज्य के लिए कफन की कील साबित होगी।' क्रांतिकारियों में से चार व्यक्तियों को चुना गया—चंद्रशेखर आजाद, भगतसिंह, राजगुरु और जयगोपाल : इन चारों ने पुलिस सुपरिटेंडेंट सैण्डर्स की हत्या करने की योजना बनायी।

17 दिसम्बर 1928 साण्डर्स अपनी अपनी मोटर साइकिल पर बैठकर जैसे ही दफ्तर से घर की ओर रवाना हुआ कि उस पर दनादन गोलियां दागी गयीं। दो गोलियां डसके सीने पर लगीं और वह वहीं ढेर हो गया। क्रांतिकारी भाग निकले। पुलिस ने अनेक स्थानों पर छापे मारे पर वह किसी को नहीं पकड़ पायी। हां, अगले दिन शहर में अनेक स्थानों पर चिपके पोस्टर अवश्य देखे गये जिन पर लिखा था, 'साण्डर्स मारा गया, लाला लाजपतराय की मौत का बदला ले लिया गया।' इससे पुलिस बौखला उठी। चारों ओर पुलिस ने छानबीन शुरू कर दी। अस्तु भगतसिंह और साथियों ने लाहौर से भाग निकलने की योजना बनायो, यह काम बहुत सावधानी से ही होना था, क्योंकि पुलिस की निगरानी बहुत कड़ी थी। रेलवे स्टेशन पर तो खुफिया पुलिस विशेष रूप से सतर्क थी जिससे क्रांतिकारी भागने न पाएं।

ऐसे ही एक दिन एक सरकारी अफसर मुंह में सिगार दबाए अपनी पत्नी और नौकर के साथ आया और प्रथम श्रेणी के डिब्बे में सामान रखवाकर बैठ गया। नौकर नोकरों के डिब्बे में बैठ गया। गाड़ी चली गयी और इस प्रकार क्रांतिकारी लाहौर से बाहर हो गए। अफसर का वेश भगतसिंह ने, उनकी पत्नी बनी दुर्गा देवो तथा नौकर का वेश राजगुरु ने बनाया था। इसके बाद साधुओं का वेश बनाकर एक और दल निकला। उसने जनता से मांग मांगकर टिकट के पैसे

इकट्ठे किए और गाड़ी में बैठकर निकल गये। इस दल के मुखिया थे चंद्रशेखर आजाद।

क्रांतिकारियों की कार्रवाइयां बढ़ने लगी थीं। भगतसिंह ने बंगाल और बिहार का दौरा किया और वहां के क्रांतिकारियों से मिले। इसी बीच बम बनाने के कारखाने भी खोले गये। अब एक योजना बनी। दिल्ली की असेम्बली में बम फेंकने की। इस काम में सहायक हुए कानपुर के मित्र बटुकेश्वर दत्त।

8 अप्रैल 1929 को दिल्ली में असेम्बली की कार्यवाही चल रही थी। अचानक ही सरकारी बैंचों के पास धमाका हुआ। सब ओर भगदड़ मच गयी। वमों के विस्फोट से पूरे हाल में धुआं भर गया था। जहां बम गिरे थे वहां गहरा गड्ढा हो गया था। कुर्सियां और टेबिलें चूर-चूर हो गयी थीं। जब धुआं कम हुआ तो लोगों ने देखा कि उप गैलरी में दो युवक अंग्रेजी पोशाक पहने खड़े मुस्करा रहे हैं। ये युवक थे—भगतसिंह और बटुकेश्वर दत्त। उन्होंने वही से पर्चे फेंके। उन पर्यों में लिखा था—'बहरों को सुनाने के लिए जोर से बोलना पड़ता है। भारतीय क्रांतिकारी दल का उद्देश्य समाजवाद की स्थापना करना है। हमारा नारा—'इन्कलाब जिन्दाबाद' वे दोनों उस समय भागना चाहते तो बड़ी आसानी से गोली चलाते हुए भाग सकते थे क्योंकि लोग बेहद घबराए हुए थे और उन्हें पकड़ने का साहस किसी में न था। फिर भी वे डटे रहे और जब पुलिस उन्हें गिरफ्तार करने आयी तो दोनों ने अपने भरे हुए रिवाल्वर फेंक दिये।

4 जून 1929 को सेशन जज की अदालत में दोनों क्रांति-कारियों पर मुकदमा शुरू हुआ। भगतसिंह ने एक बार फिर जोरदार शब्दों में कहा, 'बम फेंकने का उद्देश्य सरकार के आंख कान

खोलना था। किसी को नुकसान पहुंचाने का हमारा कोई इरादा न था। न हम पागल हैं और न डाकू। हम देशभक्त हैं। आजादी के लिए हम इस सरकार से लड़ रहे हैं। सरकार कड़ी सजायें देकर हमें नहीं दबा सकती। कोई भी सरकार आजादी की लड़ाई को रोक नहीं सकी। यह सरकार भी हमारी भावना को कुचल नहीं सकेगी।'

मुकदमा चला। मुकदमे में साफ सिद्ध हो गया कि बम फेंकने के पीछे किसी को मारने का उद्देश्य न था। फिर भी भगतसिंह और बटुकेश्वर दत्त को काले पानी की सजा दी गई। भगतसिंह को लाहौर ले जाया गया, क्योंकि सरकार उन पर साण्डर्स हत्याकांड का मुकदमा चलाना चाहती थी। इस बारे में 28 लोगों को और गिरफ्तर किया गया था जिसमें सुखदेव, राजगुरु, यतीन्द्रनाथ दास आदि प्रमुख क्रांतिकारी भी थे।

10 जुलाई 1929 को मुकदमे की सुनवाई शुरू हुई। और 7 अक्टूबर 1930 को फैसला सुनाया गया। भगतसिंह, राजगुरु और सुखदेव कों फांसी तथा अन्य लोगों को काला पानी तथा कैद की सजाएं हुयीं। फांसी का दिन गुप्त रखा गया।

23 मार्च 1931 की शाम सात बजे भगतसिंह की कोठरी में एक जेल अधिकारी आया और उसने कहा कि फांसी पर चढ़ने के लिए तैयार हो जाइये। भगतसिंह उस समय रूसी क्रांति के नेता लेनिन की जीवनी पढ़ रहे थे। उन्होंने कहा, 'ठहरो। अभी क्रांतिकारी दूसरे क्रान्तिकारी से मिल रहा है।' जब पुस्तक पूरी हो गई तो वह फांसी पर चढ़ने के लिए तैयार हो गए। उनके साथ राजगुरु और सुखदेव को भी फांसी दी जानी थी। तीनों साथी एक दूसरे से गले मिले। 'इन्कलाब जिन्दाबाद' और 'भारत माता की जय बोलते हुए वे फांसी के फन्दे पर लटक गये। फांसी

की बात गुप्त रखी गयी थी। किंतु अमर शहीदों का बलिदान भला कभी किसी के छिपाये छिपा है। दूसरे दिन सारे देश में शोक छा गया। लेकिन क्रांति बलिवेदी पर इस आहुति ने ज्वालाओं को पहले से भी अधिक भड़का दिया था और देश के नवयुवक पहले से भी अधिक संख्या में क्रांति की आग में कूद पड़े।

जिनकी यादें शेष हैं

भारतीय स्वतन्त्रता क्रांति के इतिहास में अनेक ऐसे वीरों की कहानियां भी भरी पड़ी हैं जिन्होंने हंसते-हंसते मातृभूमि की बलिवेदी पर अपने को कुर्बान कर दिया। फांसी का फन्दा तो मानो उनके गले का हार था। स्वतन्त्रता की क्रांति में शहीद हुए कुछ ऐसे ही वीरों की कथायें संक्षेप में प्रस्तुत हैं :

ठाकुर बिसेसर सिंह :

उत्तर प्रदेश के जौनपुर जिले में एक तालुका है—डोभी। इसी तालुके के डीहा ग्राम के निवासी ठाकुर बिसेसर सिंह रघुवंसा राजपूत थे। सन् 57 की क्रांति में उन्होंने अत्यन्त महत्त्वपूर्ण कार्य किये थे। जब उन्होंने अपने आसपास के जिलों—गाजीपुर आजमगढ़ और वाराणसी में ब्रिटिश हुकूमत के खिलाफ उठाई गयी आवाज सुनी तो वह भी क्रांति के लिए तैयार हो गये। उन्होंने अपने सभी राजपूत वीरों को एकत्न कर उनका संगठन तैयार किया। शीघ्र ही राजपूतों की पूरी सेना तैयार हो गई। इस सेना ने अंग्रेजी हुकूमत के अफसरों और भारतीय पिट्ठुओं पर आक्रमण कर उनका सफाया करना शुरू कर दिया। वाराणसी आजमगढ़ मार्ग काट दिया गया और पुरानी

बनारस रियासत की ओर आगे बढ़े। यह समाचार पाकर अंग्रेजी सेना के साथ पहला मुकाबला काफी महंगा पड़ा क्योंकि इसमें उन्होंने अपने कई वीरों को खो दिया। लेकिन वे हिम्मत नहीं हारे। समझदारी के साथ वे पीछे हटे और अपने को पुनः संगठित करने लगे। जैसे ही उनका संगठन पुनः शक्तिशाली हुआ कि उन्होंने बनारस पर भारी हमला किया। इसी बीच में एक अन्य भारतीय क्रांतिकारी सेना द्वारा आजमगढ़ पर कब्जा कर लिया गया था और ब्रिटिश सरकार के लिए वहां पहुंचना मुश्किल हो रहा था। उनके लिए राजपूतों के सेना बहुत बड़ी बाधा थी। अस्तु ब्रिटिश सेना ने सिख और हिन्दुस्तानी सेना के साथ जन 1857 के अन्तिम सप्ताह में राजपूतों पर जोरदार हमला किया। इधर वर्षा शुरू हो जाने के कारण राजपूतों का गोला बारूद भीग गया था और वे असहाय हो रहे थे। फिर भी वे पीछे नहीं हटे उन्होंने तलवार और भालों से ब्रिटिश सेना का मुकाबला करने का निश्चय किया। बनारस से पांच मील दूर पिसनहारिया के इनार नामक स्थान पर दोनों सेनाओं का मुकाबला हुआ। किंतु दोनों सेनाओं में हथियार को लेकर कोई समानता न थी। फलतः राजपूतों पर ब्रिटिश सेना का दबाव बढ़ने लगा और वे पीछे हटने लगे। उन्हें भारी नुकसान हुआ और हटते-हटते गोमती के किनारे तक पहुंच गये। ब्रिटिश सेना ने उनका पीछा यहां भी न छोड़ा और उस क्षेत्र के राजपूतों को ढूंढ़-ढूंढ़ कर मार दिया। कुछ दिनों बाद बिहार के महान क्रांतिकारी योद्धा बाबू कुँवर सिंह आगे बढ़े और उन्होंने आजमगढ़ पर कब्ज़ा कर लिया। बनारस से जिस ब्रिटिश सेना को उनका दमन करने के लिए भेजा गया था उसे उन्होंने आजमगढ़ के बाहर से ही खदेड़ दिया था। इस पर ब्रिटिश सरकार ने भारी सेना भेजी। राजपूत कुंवरसिंह की सहायता के लिए आगे आ गये। दोनों ओर

की सेनाओं मेंघ मासान लड़ाई हुई। अन्त में कुंवरसिंह को पीछे हटना पड़ा और राजपूतों को भारी नुकसान हुआ। इसी समय अंग्रेजों ने राजपूत नेता ठाकुर बिसेसर सिंह के पास आपसी बातचीत का प्रस्ताव भेजा। बातचीत का स्थान सेनपुर गांव चुना गया। किन्तु जब ठाकुर बिसेसर सिंह अपने साथियों सहित बातचीत के लिए पहुंचे तो उन्हें धोखे से गिरफ्तार कर लिया गया। बाद में उनके अन्य कई साथियों को गिरफ्तार किया गया। अंत में ठाकुर साहब और उनके 12 सहयोगियों तथा 9 अनुयायियों को आम के पेड़ों पर लटका कर फांसी की सजा दे दी गयी। इन मृत शरीरों पर बाद में बन्दूक से गोलियां भी चलायी गयीं। कई दिनों तक इन महान वीरों के मृत शरीर पेड़ों पर ही लटकते रहे। अन्त में गांव वालों ने उन्हें उतारकर उनका अन्तिम संस्कार किया।

ठाकुर दरयाव सिंहः

उत्तर प्रदेश के फतेहपुर जिले में खागा नामक ग्राम में जन्मे ठाकुर दरयाव सिंह एक धनी जमींदार थे। सन् 57 की क्रांति में क्रांतिकारी सेना के संगठन में उन्होंने अत्यन्त महत्त्वपूर्ण कार्य किया था। उन्होंने क्रांतिकारी सेना को हथियारों से लैस कराया और उसे कुमुक पहुंचायी तथा जून 1857 में अंग्रेजों के खिलाफ क्रांति का शंख फूंका। उन्होंने खागा तहसील पर कब्जा कर लिया था और वहां का खजाना लूट लिया था। इसके बाद उन्होंने फतेहपुर पर आक्रमण किया और उसे अपने अधिकार में लिया। इस आक्रमण के दौरान उन्होंने हजारों अंग्रेजों को मौत के घाट उतार दिया था। ठाकुर दरयाव सिंह के आक्रमणों की सूचना पाकर इलाहाबाद से ब्रिटिश सेना आयी। किंतु वह दरयाव सिंह के हमलों के आगे नहीं टिक सकी।

इस पर ब्रिटिश सरकार ने उनका दमन करने के लिए भारी सेना भेजी। दोनों में घनघोर लड़ाई हुई। दरयाव सिंह की सेना को पीछे हटना पड़ा। आखिर दरयाव सिंह अपने चुने हुए साथियों को लेकर भाग निकले और अंग्रेजों के साथ गुरिल्ला युद्ध लड़ने लगे। उन्होंने तात्या टोपे, राजा बेनी माधव और कर्वी के राजा माधव राव जैसे तत्कालीन क्रांतिकारियों के साथ अनेक लड़ाइयां अंग्रेजों के खिलाफ लड़ी थीं। एक उल्लेखनीय बात यह थी कि ठाकुर दरयाव सिंह का पूरा परिवार—उनके भाई, उनके बेटे और चाचा तथा मामा आदि सभी इस क्रांति में सम्मिलिए हुए थे। किन्तु अन्त में वह अपने बेटे सुजान सिंह, भाई निर्मल सिंह और चचेरे भाई ठाकुर बख्तावर सिंह और ठाकुर रघुनाथ सिंह के साथ पकड़े गये। और 6 मार्च 1858 को ब्रिटिश शासन ने उन सभी को फांसी पर लटका दिया।

हरेकृष्ण :

बिहार के शाहाबाद जिले में बारूभी ग्राम में जन्मे श्री हरेकृष्ण सिंह एक बड़े जमींदार थे। जब बिहार में बाबू कुंवर सिंह ने क्रांति आंदोलन शुरू किया था तो हरेकृष्ण सिह उनके साथ थे। जब वहां क्रांतिकारियों का शासन हो गया था तो हरेकृष्ण सिंह पीरु परगना के तहसीलदार नियुक्त हुए थे। इतना ही नहीं, बाबू कुंवर सिंह ने उन्हें दीनापुर छावनी जाकर वहां का भेद लाने का काम भी सौंपा था जिसे उन्होंने बड़ी कुशलता से पूरा किया था। दीनापुर छावनी में हरेकृष्ण सिंह ने क्रांति का ऐसा मंत्र फूंका था कि ब्रिटिश सेना में काम कर रहे अनेक भारतीय सिपाही उनके साथ आ गये थे और क्रांति सेना में शामिल हो गये थे। इस सेना की सहायता से हरेकृष्ण सिंह ने आरा पर अधिकार कर लिया था और बाबू कुंवर सिंह की

सहायता करते रहे। उस समय ब्रिटिश सरकार के खिलाफ क्रांतिकारी सेना के समस्त आक्रमणों की योजना बनाने का काम मुख्य रूप से हरेकृष्ण सिंह कर रहे थे। ब्रिटिश सरकार ने हरेकृष्ण सिंह का सिर लाने वाले को 3,000 रुपये इनाम देने को घोषणा की थी। बाद में तो यह राशि बढ़ाकर 5,000 कर दी गयी थी। लेकिन हरेकृष्ण सिंह कुँवर के खास सहयोगी थे। इसलिए वह इधर-से-उधर क्रांति की चिंगारियां बिखेरते हुए घूमते रहते थे। जब बाबू कुंवर सिंह ने आजमगढ़ पर आक्रमण किया था तो क्रांतिकारी सेना का नेतृत्व हरेकृष्ण सिंह ने ही किया था। इसके बाद जब कुंवर सिंह की मृत्यु हो गयी तो उन्होंने क्रांतिकारी सेना का नेतृत्व पूरी तरह सम्भाल लिया था। वह अमर सिंह के सहयोगी भी बने रहे। उन दिनों बहुत से भारतीय अंग्रेजों की सहायता कर रहे थे। ऐसे सभी भारतीयों की खबर लेने में हरेकृष्ण सिंह पीछे नहीं रहे। उस समय हरेकृष्ण सिंह जगदीशपुर पर कब्जा किये हुए थे और वही उनका केंद्र था। लेकिन ब्रिटिश सेनाओं के आक्रमण का खतरा तो बना ही रहता था। आखिर ब्रिगेडियर डगलस दीनापुर से विशाल सेना लेकर जगदीशपुर आया। जब हरेकृष्ण सिंह ने देखा कि ब्रिटिश सेना के मुकाबले में उनकी सेना बहुत कम है तो अंग्रेजों के आने के पहले ही उन्होंने जगदीशपुर खाली कर दिया और जगदीशपुर से पांच मील दूर जंगलों में चले गये। किन्तु ब्रिटिश सेनाएं उनका पीछा करती हुई वहां भी पहुंच गयीं। कई महीनों तक लड़ते रहे और अंग्रेजों को चकमा देते रहे। अन्त में 29 अगस्त 1859 को वह पकड़े गये। उन्हें आरा जेल में रखा गया और उन पर मुकदमा चलाया गया। और दिसम्बर 1859 में जगदीशपुर की बाजार में शहर के बीचोबीच उन्हें फांसी दे दी गयी।

हुकुमचन्द जैन :

हरियाणा के हिसार जिले में हांसी नामक ग्राम में हुकमचन्द जैन ने क्रांति का बिगुल फूँका था। हुकमचन्द जैन फारसी और गणित के विद्वान थे। इन विषयों पर उन्होंने कई ग्रन्थ लिखे थे। बहादुरशाह जफर के समय में वह दिल्ली में उनके दरबार के उच्चाधिकारी थे। बाद में वह हांसी के कानूनगो भी नियुक्त किये गये थे। जब 1857 में ब्रिटिश शासन के खिलाफ विद्रोह की तैयारी शुरू हुई तो खबर पाकर वह भी दिल्ली गये। मुगल बादशाह द्वारा देश के क्रांतिकारियों को बुलाकर आयोजित की गयी एक सभा में तात्या टोपे जैसे वीर भी आए थे और हुकमचन्द जैन ने इस सभा में सक्रिय भाग लिया था। उन्होंने हरियाणा में क्रांति की ज्वाला सुलगाने का वादा किया था और उन्हें बादशाह ने सैनिक तथा आर्थिक सहायता देने का वचन दिया था। हांसी आकर हुकमचन्द जी ने अपनी सेना संगठित की। मुगल बादशाह की सहायता तो नहीं आयी, पर उन्होंने अपनी छोटी सी सेना लेकर अंग्रेजों के ठिकानों पर अनेक हमले और उन्हें भारी नुकसान पहुंचाया। चूंकि उनकी सेना के पास अच्छे हथियार न थे इसलिए उन्होंने मुगल बादशाह को एक पत्र लिखकर निवेदन किया कि सहायता जल्दी भेजी जाय। यह पत्र उन्होंने अपने सहयोगी मिर्जा मुनीर बेग के हाथ भेजा था। किन्तु दिल्ली पर अंग्रेजों का कब्जा हो गया और मुगल बादशाह बन्दी बना लिया गया। अंग्रेजों को दिल्ली के किले में जो कागजात हाथ लगे उनमें हुकमचन्द जैन का पत्र भी था। ब्रिटिश कमिश्नर ने हिसार के कलक्टर को तुरन्त आज्ञा दी कि वह हुकमचन्द जैन के खिलाफ आवश्यक कार्यवाई करें। फिर क्या था, ब्रिटिश सिपाहियों ने हुकमचंद जैन और मुनीर बेग को गिरफ्तार

कर लिया। उन पर मुकदमा चलाया गया और उन्हें उनके घर के सामने ही फांसी पर लटका दिया गया। इतना ही नहीं हुकमचंद के भतीजे 13 वर्षीय फकीरचंद को भी बिना किसी गुनाह के ही फांसी पर चढ़ा दिया गया। फिर भी जब अंग्रेजों का क्रोध शांत नहीं हुआ तो उन्होंने हुकमचंद के पार्थिव शरीर को उनके विरुद्ध दफना दिया और मुनीर बेग के शरीर को जला दिया।

लाला जयदयाल भटनागर :

लाला जयदयाल कोटा (राजस्थान) के महाराव के दरबार में वकील थे। वह उर्दू, फारसी और अंग्रेजी के विद्वान् थे। सन् 57 में जब स्वतन्त्रता संग्राम छिड़ा तो उन्होंने भी राजस्थान में क्रांति की आग फूँकी। उन्हों कोटा राज्य में ब्रिटिश शासन के खिलाफ क्रांतिकारियों का संगठन किया। अपने इस संगठन में उन्होंने कोटा राज्य की सेना के रिसालदार मेहराब खां को भी मिला लिया था। उनके सहयोग से भटनागर जी ब्रिटिश शासन के खिलाफ क्रांति-सेना का कार्यक्रम निश्चित करते थे। फलतः उन्होंने 15 अक्टूवर 1857 को ब्रिटिश एजेंसी हाउस पर कब्जा कर लिया और ब्रिटिश सरकार के प्रतिनिधि मेजर बर्टन को मार डाला। जब ब्रिटिश सरकार को कोटा के क्रांतिकारियों के बारे में सूचना मिली तो उन्होंने बहुत बड़ी सेना भेजी। विशाल सेना के सामने क्रांति सेना का ठिकाना कठिन ही था, अस्तु उनकी हार हुई। वह अपनी सेना लेकर शिवपुर नदी की ओर पीछे हटे और पैरोन के राजा मानसिंह की सीमा में जाकर शरण ली। कुछ महीनों बाद वह कालपी की ओर बढ़े। इसके बाद वह बीकानेर आये जहां उनकी सेना छिन्न-भिन्न हो गयी। अब भटनागर जी अकेले रह गये थे। उन्होंने फकीर का वेश बनाया और अलवर के

लिए प्रस्थान किया। इधर ब्रिटिश सरकार ने उनके लिए दस हजार रुपयों का इनाम घोषित कियाथा, इसलिए वह बहुत सावधान थे। ब्रिटिश सरकार उन्हें जिंदा या मुर्दा—किसी भी रूप में पकड़ना चाहती थी। इस कार्य में कोटा के महाराव का भी सहयोग था। अस्तु भटनागर जी अपने बचाव के लिए एक स्थान से दूसरे स्थान को घूमते रहे। किंतु अंत में उनके ही एक विश्वासपात्र ने उनके साथ धोखा किया और उन्हें पकड़वा दिया। उन पर ब्रिटिश सरकार ने मुकदमा चलाया और उन्हें फांसी की सजा सुनायी गयी। 15 अप्रैल 1860 को उन्हें जयपुर लाया गया। उन्होंने कैद की अवस्था में आत्महत्या भी करनी चाही किंतु वह सफल न हुए। अंत में उनको कोटा के एजेंसी हाउस के सामने ही 17 सितम्बर 1860 को फांसी पर लटका दिया गया।

अवध बिहारी :

अवध बिहारी का जन्म 1889 में हुआ था। वह एक साधारण अध्यापक श्री गोविंद लाल के पुत्र थे। अवध बिहारी में स्वाधीनता के विचार बचपन से ही जाग गये थे। फलतः किशोरावस्था को प्राप्त करते ही अवध बिहारी क्रांतिकारी दल के सदस्य बन गये। उस समय उत्तर प्रदेश और पंजाब में क्रांति की चिंनगारियां सुलगाई जा रही थीं। क्रांतिकारी दल को ऐसे सक्रिय कार्यकर्ताओं की बहुत आवश्यकता थी जो इन प्रदेशों में कार्य कर सकें। अवध बिहारी ने इस कार्य का बीड़ा उठाया और बड़ी मेहनत से काम में जुट गये। इसी दौरान उनका सम्बन्ध प्रसिद्ध क्रांतिकारी रासबिहारी बोस से हुआ। जब लार्ड हार्डिज पर बम फ़ेंका गया तो उसे योजना के सदस्य अवध बिहारी भी थे। यह घटना क्रांति के इतिहास में 'दिल्ली षड्यंत्र' के नाम से जानी जाती है।

23 दिसम्बर 1922 को जब लार्ड हार्डिज, दिल्ली राजधानी बनाने के उपलक्ष में आयोजित एक जुलूस में हाथी पर बैठे निकल रहे थे तभी चांदनी चौक के पास उन पर बम फेंका गया था। लार्ड हार्डिज की हत्या के प्रयास के अभियोग में कई लोगों को पकड़ा गया। लेकिन अवध बिहारी किसी तरह बच निकले। इसके बाद 17 मई 1913 को लाहौर के लारेंस गार्डन में भी बम फेंकने में उन्होंने सक्रिय भाग लिया। अन्त में वह फरवरी 1914 में पकड़े गये। उन पर उनके अन्य साथियों—बालमुकन्द, अमीरचन्द और बसंतकुमार विश्वास सहित मुकदमा चलाया गया और लार्ड हार्डिज की हत्या तथा लाहौर में बम विस्फोट करने का आरोप लगाया गया। जैसाकि स्वाभाविक था—ब्रिटिश शासन ने उन्हें फांसी की सजा दी। और 11 मई 1915 को अम्बाला जेल में उन्हें फांसी दे दी गयी।

मास्टर अमीरचन्द :

मास्टर अमीरचन्द का जन्म सन् 1869 में हुआ था। वह एक साधारण अध्याप श्री हुकमचन्द वैश्य के पुत्र थे। मास्टर अमीरचंद ने सामाजिक सुधार और शिक्षा-सम्बन्धी गतिविधियों में काफी भाग लिया था। विधवा विवाह, शिक्षा का प्रचार आदि कार्यों में वह अग्रणी थे। स्वतन्त्रता आंदोलन में भी उन्होंने सक्रिय भाग लिया था। स्वदेशी आंदोलन में भी आपने भाग लिया था। इन्हीं दिनों आपका सम्पर्क प्रसिद्ध क्रांतिकारी नेता लाला हरदयाल से हुआ। उनकी प्रेरणा से आप क्रांति, दल में सम्मिलित हो गये। फिर तो वह इतने सक्रिय हुए कि बाद में गदर पार्टी के नेता बन गये।

मास्टर अमीरचंद की गतिविधियाँ उस समय से अधिक बढ़ीं जब से उनका सम्पर्क रासबिहारी बोस के साथ हुआ। उस समय आपने

पूरे उत्तर-भारत की क्रांति की बागडोर सम्भाल ली थी। जब दिल्ली में हार्डिज पर बम फेंका गया तो उस सिलसिले में अमीरचंद को भी गिरफ्तार कर लिया गया। उन पर लाहौर में हुए बम विस्फोट सम्बन्धी अभियोग भी लगाया गया। और अवध बिहारी बालमुकुन्द, बसंतकुमार विश्वास के साथ अमीरचंद को भी फांसी की सजा दी गयी तथा 8 मई 1915 को फांसी पर चढ़ा दिया गया।

इस प्रकार हमारे देश के अनेक साहसी वीरों ने मातृभूमि की स्वतन्त्रता के लिए हंसते-हंसते अपने प्राणों की आहुति चढ़ाई। उन सबका कर्ज आज हम पर है और हमें केवल आजादी का सुख ही नहीं भोगना है बल्कि इन वीर सेनानियों के कर्ज को भी अदा करना है। □□